「

吋　れる。融、と耳元で名を

に　込まれた。肌と肌がじか

SHY NOVELS

こい、こわれ

椎崎 夕

イラスト ゆき林檎

CONTENTS

こい、こわれ

0

どうにもこうにも、間が悪い。

そういう状況に陥《おちい》りやすいたちだということは、自覚していた。

「ちょっと待ってよ。オレは別れたくないって、さっきから言ってるよね？」

「……こちらも昨日、言ったはずだ。これ以上、おまえとつきあうつもりはない」

目の前に広がっているのは、鮮やかな夕焼け空だ。

ビルの裏手にあるここ非常口の外階段の踊り場は裏手にある小さな雑木林に面していて、秋口の今は見事な紅葉に彩られている。混じり合いそうでいてはっきりとした境界線を描く紅葉の朱と夕日の紅のコントラストに、ここが二週間前に入ってきたばかりの職場だということを一瞬忘れそうになっていた。

「つもりはないって、何で？　あんた、オレのこと嫌いになったわけじゃないだろ？　だったら今まで通りのつきあいでいいじゃないか」

「本気の人間を相手にする気はないと、もう一度言えばいいのか？」

秋の夕焼け空の下、耳に届く声は二人分で、流れを追うまでもなく別れ話だ。珍しくもない内容な上に他《ひ》人事《とごと》なのでどうでもいいが、一階下の踊り場にいるだろう彼らが去るまでの間、ここから動けないのはとても困る。

ビル内へと続く非常扉は鉄製の重いもので、開閉する際に大きな音がする。終業直後にこんな場所で別れ話を始めた連中と面識を持つ気はさらさらないが、話を聞かれたと知られた際に先方が放っておいてくれる保障はない。けれど、自分にもすっぽかすわけにはいかない予定があるのだ。

内心で小さく唸《うな》ったあとでたった今耳にした声と会

話を思い返し、いやそれはないだろうと首を捻《ひね》る。夕焼け空から、自分がいる階の真下になる踊り場をそっと見下ろして――本格的に、途方に暮れた。

1

入社直後に始まった二週間の研修を終えた本日の夕刻に、田阪《たさか》融《とおる》は配属先が営業部だと知らされた。

　可能性は低いと踏んでいただけに、咄嗟《とっさ》に声が出なかった。代わりに、融の隣にいた東野《ひがしの》が「えっ」と声を上げる。

「東野さんの所属は総務部ですね。ひとまずふたりとも本日中に各部署への挨拶をすませてください。総務はこれからすぐに、営業は終業時刻後に来てほしいとの希望でしたので、田阪さんはそれまで休憩していて構いませんよ」

「は、」

「あの、待ってください！　何で田阪さんが営業で僕が総務なんですか⁉　希望からすると逆だと思うんですけど⁉」

椅子を蹴る勢いで立ち上がった東野は学年でいえば融よりひとつ下だが、同じ日に中途採用として入社し研修をともにした、いわば同期にあたる。それもあって融が事務職を、東野が営業職を希望したことは互いに承知していた。

この二週間の教育係を務めた人事担当の女性社員は、睨《にら》みつける東野を静かに見返した。

「希望は聞きましたが、必ずしもその通りに配属されるとは限りません。それは入社前の面接時にも、新人教育の最初にもお話ししたはずです」

「でも田阪さんは営業経験もないし！　やる気もないって本人が」

「ご存じないようですが田阪さんは営業経験者ですし、年数も東野さんより一年ほど長いんですよ。もっとも、年数で配属が決まったわけではありませんが」

眉を顰《ひそ》めた東野が、じろりと融を見る。頬に突き刺さる視線をあえて受け流していると、人事担当者は淡々と続けた。

「そもそも、東野さんが田阪さんの代弁をする必要はないのでは？」

窘《たしな》められて、ようやく頭が冷えたらしい。ぐっと息を呑む気配のあと、東野は「失礼しました」とつぶやいて腰を下ろした。それを一瞥《いちべつ》した人事担当者は並んで座る融と東野を見て声を改める。

「明日以降の業務については、各自配属先で確認してください。それを終えたら、本日は退社していただいて結構です」

タイトスカートが似合うすらりとした背中が会議室から出ていくのを見送って、融は腕時計に目を落とす。今は十七時三十分だから、終業時刻まで残り三十分だ。どこでどうやって過ごそうかと考えていると、尖《とが》った声に「田阪さん」と呼ばれた。

「何やってんです⁉　早く追っかけてって、営業辞退してくださいよ！　で、総務希望だってちゃんと言わないと」

「……希望通り配属されるとは限らないって、今言われたはずだけど」

「そんなのおかしいだろ⁉　オレとあんたしかいない状態で、オレが営業、あんたが事務職を希望してて何でそうなるんだよっ！　それにあんた、営業経験者だって何で隠してたんだ⁉」

　東野が露骨に喧嘩腰《けんかごし》なのにも、さほど違和感はない。言動のはしばしであからさまに侮られていたこの二週間を思えば、まがりなりにも敬語を使われていたのが不思議なほどだ。

「隠してたんじゃなくて言わなかっただけだ。配属に関しては、あの様子だと言っても無駄だと思う」

　早々に腰を上げ、会議室の出口に向かった。追ってきた東野を振り返って忠告する。

「総務はこのあとすぐって言われただろ。急がないとまずいんじゃないか？」

「あ！」

　壁の時計を見上げて顔を引きつらせた東野は、忌々しげに舌打ちをして融を押しのけた。

「とにかくオレは認めないから！　明日にでもはっきり意思表示してくれよ！」

　会議室を出ていく背中を見送って、融は小さく息を吐く。

　二か月前に目にした求人募集要項にあった人数は二名で、うち一名が営業とあった。そして入社当日の新人研修で顔を合わせた東野は営業希望を表明しており、本人曰くコネ入社だがそれなりの経験も自信もあるという話だった。

　だったら自分が営業に配属されることはないだろうと安堵していた。どうしてこうなったと言いたいのは、融の方だ。

「学級会じゃあるまいし、上の命令なんだからどうにもならないっての」

　やっと見つけた再就職先で、人事に文句を言って心証を悪くする気はない。配属先が不本意であっても、やるべきことをやるだけだ。

軽く頭を振った融は、ひとまず営業部の場所を確認する。余裕があるからとのんびりしたあげく遅れてしまったのでは本末転倒だ。

足を向けたエレベーターホールは、終業時刻が近いせいか少々ざわめいているものの人影はそう多くない。扉横の壁や乗り込んだエレベーターの奥には、今期新製品だと研修で聞かされた介護用移動リフトの販促用ポスターが貼られていた。

融が再就職したここ谷繁《たにしげ》医療機器は、社名が示す通り医療機器を扱う会社だ。自社製品のみならず他社製品の仲介もしており、歴史は浅いながら全国各地に支社を置いている。取引先は医療機関だけではなく、介護施設やスポーツ関連施設にも及ぶ。

それだけ、扱う品物の種類が多岐に亘《わた》っているのだ。研修で習ったのは大雑把な区分けだったけれど、営業に配属になったからにはそれを細かく把握していかなければならない。そこまで考えて、ずんと気が重くなった。

ちょうどエレベーターの扉が開いて、中から数人が降りてくる。空っぽになった箱の扉が閉じる前に乗り込んだ。階数表示の横に貼られた案内図の六階に営業部の文字がある。

……営業部といえば、どこの社でも大抵は花形部署だ。対人関係での気苦労は多いが、契約が取れた時には何ともいえない達成感と爽快感がある。それは経験上知っているし、前の職場にいた頃も営業の仕事そのものに不満はなく、自分なりに好きだったはずだ……。

そう自分に言い聞かせているうちに、扉横の６のランプが点灯する。ゆっくり開いていく扉の向こうに「営業部」のドアプレートを見たとたん、すうっと頭から血の気が引いた。

ひどい不快感に、反射的に鳩尾《みぞおち》を押さえてしゃがみ込む。こみ上げてきた吐き気を堪《こら》えている間に再び浮遊感に襲われて、エレベーターが動きだしたのを知った。

誰かに気づかれる前にと、伸ばした指ですぐ上の７

のボタンを押した。間を置かず着いた七階フロアは社員食堂兼ラウンジだが、時刻のせいか人気《ひとけ》もなく閑散としている。

　時刻も早いから出直そうと、そこでエレベーターを降りた。社員用とはいえまだ一度も使ったことのないラウンジは敷居が高く、周囲を見回して目についた非常口の表示がついた扉へと向かう。鉄製の重い扉を押し開けた先にあったのはビルの外階段で、顔に吹きつける風が心地いい。

　手摺りの向こうに広がるちょっとした林は、どうやら落葉樹が多いらしい。鮮やかな夕焼け空をバックに濃いシルエットで浮かぶ枝々は見事に紅葉していて、思わず目を奪われて扉の外に出てしまっていた。

　手摺りに凭《もた》れて深呼吸をし、気持ちが落ち着くのを待つ。腕時計の針が終業時刻ちょうどを指すのを目にしてそろそろ行くかと気を引き締めた時、下の方から重い扉を開閉する音がした。

　見つかったらまずいと手摺りを握ってその場にしゃがみ込み、直後に始まった露骨な痴話喧嘩《ちわげんか》に唖然とした。

　そして今、言い合うその声を聞いた時の違和感の正体を目《ま》の当《あ》たりにして絶句している。

「相手にする気はないって、ちょっとくらい考えてみる気はないのかよ。あんた、オレのこと嫌いじゃないだろ」

「話すだけ無駄だ。諦《あきら》めて他を当たってくれ。おまえなら相手に不自由はしないだろう」

「厭《いや》だね。目の前に好きな相手がいるのに、何で他を当たらなきゃならないんだよ」

　問いつめる声がヒートアップしていくのとは対照的に、もう一方の声は冷静だ。そのどちらも声が低く、言葉遣いも荒い。見下ろした先の踊り場にいたのは遠目にも長身とわかる、ひとりは紺色のスーツ姿で、もうひとりはライトブラウンだ。

　……男同士で、痴話喧嘩。

　あり得ないシチュエーションに、思考が真っ白になった。その時、こちらに顔を向けていた紺色のスーツの男が目を上げる。視線がぶつかるなり、全身にぞわりと鳥肌が立った。

かっちりとした雰囲気の紺色のスーツと、一分の緩みもなく締められたネクタイ。整髪料で自然に整えた髪と、冷たい印象のシルバーフレームの眼鏡。――レンズ越しに見てくる鋭い視線。

「っ」

どうして、あいつがここにいるのか。

唐突にせり上がってきた強い吐き気に、反射的に口を押さえる。ぐらついた膝を辛《かろ》うじて踏ん張った時には、眼鏡をかけた貌《かお》は視界から消えていた。

「時間切れだ。今後、個人的な連絡はいっさい受けない」

耳に入った低い声は、おそらく紺色のスーツの――あの眼鏡の男が発したものだ。

「ちょっ、待ってよ！　少しはオレの話っ」

呼び止める声を遮るように、扉を開閉する音がする。あとを追うように再び重い金属音が響いて、それきり周囲に静寂が落ちた。

「…………」

手のひらをずらして、融は深く息を吸った。

――別人、だ。あの眼鏡の男はあいつじゃない。融は必死で自分にそう言い聞かせる。

眼鏡にばかり目がいったせいで顔立ちはよく覚えていないが、先ほどの声はあいつのものとは似ても似つかない。あいつの声はもっと甲高くてざらついているから、顔を見るまでもなくすぐにわかったはずだ。そもそもあいつがこの会社にいるはずはないし、何より男と痴話喧嘩はないだろう。

――背格好とシルバーフレームの眼鏡のせいで、錯覚したのだ。

呼吸が緩やかになるのに従って、身体から強張りが抜けていく。額に浮いた汗をハンカチで拭《ぬぐ》ったあとで、ふと別のことに思い至った。

「もしかして、ここにいるのを気づかれた？」

ただの痴話喧嘩でも厄介なのに、よりにもよって男同士だ。聞かれていたとバレたら厄介なことになるのは目に見えている。できることなら、勘違いであってほしいのだが。

「痴話喧嘩なら場所くらい選べよ。……間が悪すぎるだろ」

最悪のタイミングを、狙ったように踏む。それで困った事態に陥《おちい》るのは日常茶飯事だが、いくら何でもコレはないだろうと気が重くなってきた。

「まさかとは思うけど、あの人たち営業じゃないよな……？」

ぞっとして首を竦めた拍子に腕時計の針が目に入って、融はぎょっとする。

「時間！」

いつのまにか、十八時三十分を過ぎていた。泡を食って非常口に駆け寄ると、融は重い扉を力いっぱいに押し開けた。

幸いにして訪れた営業部では遅れを咎《とが》められることはなく、かえって終業後に時間指定したことを直属の上司となる課長に詫びられた。

さらに運のいいことに、そう広くない室内に並んだデスクのどこにも紺色スーツとシルバーフレームの眼鏡の組み合わせは見あたらなかった。

それで安堵したせいか非常階段でのあれこれの反動か、融は上司を始めとした営業スタッフにきちんと落ち着いて挨拶をすませることができた。

扱う品が違っても営業に変わりはないからか、室内の空気は前の職場のそれとよく似ていた。壁に貼られた新製品の移動リフトの販促ポスターや、すみに置かれた商品とおぼしき見慣れない機器を目にすることで、ここは別の会社なのだと実感する。

「明日からは指導役について外回りだな。まずはやり方を見て覚えながら勉強していくといい。書類や決済の流れに関しては、別に指導の時間を取る。扱うものは違っても営業そのものは一緒だ、経験があるならそのうち慣れるだろう」

融の経歴を心得ている課長が見せた人好きのする笑みに、融はほっと息を吐く。まだ確信するには早いが、前の職場よりは居心地よく過ごせそうだ。

「で、肝心の指導役なんだが……おい、前原《まえはら》はどうした？　もう戻ってたよな？」

ざっと室内を見回した課長が口にした名前に、融は目を丸くした。

前原というのは、確かこの営業部で長くトップを続けている社員だ。どこからかそれを聞き込んできたのは例の東野で、配属が決まる前から絶対その人について教わるんだと息巻いていた。

そんな人に教わることになるのか。緊張で背中を強張らせた時、視界の端でエレベーターホールへ続くドアが開いた。

何げなく目を向け、呼吸が止まる。入ってきた人物は紺色のかっちりとしたスーツ姿で、シルバーフレームの眼鏡をかけていた。

「前原、こっちに来てくれ」

課長が呼ぶ声に応じてこちらに向かってきた人物——前原が課長を見、ついで融へ視線を流してくる。

シルバーフレーム越しの視線の色のなさに、その場で射竦められたような気分になる。喉の奥がからからに渇いていく。二秒と経たず離れていった視線を、ずっと長く感じた。

顔は、少しも似ていない。あいつと比べるのは失礼なくらい、前原は端整な容貌をしていた。それなのに、融を見る視線が含む色のない冷ややかさはあいつと——かつての職場で融の指導係でもあった先輩とそっくりだと思った。

融を紹介する課長の声が、奇妙に間延びして響く。顔を上げて笑みを作るのが礼儀だと知っていながら、俯《うつむ》き加減に名乗るだけで精一杯だ。そんな融をかまわず、あの低い声が言う。

「例の新人ですか」

「おう。新人といっても一年ちょいの営業経験はある。どんなもんか、よく見てやってくれ」

「どうしても私に面倒を見ろと？」

　前原の声は低くて通りがいい。それだけに、歓迎されていないのが響きだけで伝わってきた。

「くれぐれもよろしく頼む。たまには最後まで面倒を見てやってくれ」

「……明日からですね」

「うん。おまえについていくよう田阪にも言ってある。ついでに、必要な準備やら何やらを教えておいてやってくれ。それがすんだら田阪は帰っていいぞ」

　そんなに厭《いや》なら指導役を変えてくれと、喉元まで出かかっていた声を無理やりに呑み込んだ。

「はい」と頷いて、融は前原について移動する。行き着いた先は神経質なほどきちんと片づいたデスクだ。

　腰を下ろした前原が、眼鏡越しにこちらを見る。周囲のスタッフがそれぞれ上着を脱いだりネクタイを緩めシャツの一番上のボタンを外していたりするのに対し、前原はきっちり上着を着込んでネクタイを隙なく締めていた。終業時間だというのにこれなのかと感嘆すると同時に、妙な威圧感を覚えてしまう。

「田阪、だったか。以前は何を売っていた？」

「……食料品です。メーカーではなく仲介でした」

「医療系の知識は？」

「ほとんどありません。ここの研修で教わって、カタログを見たくらいです」

「なるほど」

　前原の問いはぶつ切れで、融の返答へのコメントもない。いかにも興味なさそうな様子に、どうにも落ち着かなくなった。

　下手に喋るよりはと、融はそこで口を噤《つぐ》む。前原もそれきり黙ってしまい、固まったような沈黙が落ちた。

　蛇に睨まれた蛙《かえる》のような心境だ。俯いていても、頬に眼鏡越しの視線が注がれているのがわかる。馴染みの感覚に、全身が冷えていった。

「前原さん、その顔で黙ると怖いですって。新人くん、怯《おび》えてるじゃないですかー」

　からりと明るい声が割って入るまで、どのくらい経っただろうか。前原の視線がよそに移ったとたん軽くなった空気にこっそり安堵していると、融を真ん中に会話が始まってしまった。

「脅《おど》した覚えはない」

「前原さんの無言の視線は十分脅迫ですって。少しは自覚してくださいよ。さっきから全然話が進んでないじゃないですか」

　敬語を使っているが、内容はかなり辛辣《しんらつ》だ。顔を上げて様子を窺《うかが》った融は、目の前にいる前原が苦笑めいた気配を見せているのに気づく。意外に思い振り返った融は目を瞬《またた》いた。

　ハンサムというより美形といった表現が似合う人物が、いかにも人懐《ひとなつ》っこそうな笑みを浮かべてそこにいたのだ。

「課内の案内と説明だったら、オレが引き受けますよ。前原さん、まだ報告書終わってないでしょう」

「……おまえは？」

「完璧に終わってます。前原さんはご存じのはずですけど、オレって要領がいいんですよ。初めまして、オレ三橋《みはし》ね。一応、田阪より四年先輩なんでそのつもりでよろしく」

　提案した彼――三橋が、言葉の後半で融に笑ってみせる。一見営業には見えないライトブラウンのスーツが似合う爽やかな笑みに、これならさぞかし女性受けするだろうと感心した。奇妙な既視感を覚えながら、融はその場で頭を下げる。

「田阪融です。よろしくお願いします」

　三橋が「初めまして」と言うのなら、正式に顔を合わせてはいないわけだ。見覚えがあるように思うのは、研修中に社内のどこかですれ違ったのかもしれない。これほどきれいな顔を、どこで見たのかも覚えていない自分には呆れてしまうが。

「はいよろしくー。ひとまず資料室に案内してカタログ渡して、下の展示室の使い方は教えときますよ。他に追加事項ってあります？」

「……何を企んでいる？」

見とれるような笑顔の三橋とは対照的に、前原は胡《う》乱《ろん》な顔のままだ。三橋を見る視線は、串刺しにする気かと思うほど鋭い。

「企んでませんって。少しは信用してくださいよー。とにかくこいつはオレが引き受けましたから」

言うなり肩を掴まれ引っ張られて、つんのめりそうになった。そのまま、融は三橋についていくことになる。

「あの、おれ」

「気にしないでいいって。——ですよね？」

歌うような調子で言いながら、三橋が振り返る。

つられて目をやると、席についていた前原がこめかみに指を当て、仕方なさそうに頷いていた。それが了承のしるしだったらしく、融は資料室へと連れ込まれる。

「課長の説明はアレとして、あとは補足かなー。前も営業やってたって聞いたけど、食料品とうちだといろいろ勝手は違うと思うよ」

出入り口近くのテーブルに向かい合わせに腰を下ろした融を見て、三橋は切り出した。

「食料品は売ったら終わりだろうけど、うちでは修理やメンテナンスも仕事だからね。実際に担当する部署は別だけど、窓口やるのはオレら営業だから」

続けて三橋は営業部全体の組織構成から、所属する課の年間計画と日課まで教えてくれた。ちなみに営業部では朝礼後にそれぞれ外回りに出るため、日中部署に残るのはアシスタントの女性社員のみだという。

「覚えることは山ほどあるから頑張れよ。頃合いを見て飛び込み営業とかアポ取りも指示されるだろうしさ」

「はい。よろしくお願いします」

頷きながら、相手が三橋に替わったことに安堵した。あの前原から説明を受けたのでは、この倍どころではない時間と気力が必要だったに違いない。

……明日以降、その前原とふたりで行動することを思うと、とても前途多難な気分になるのだが。

「ところで、うちのカタログってもう貰《もら》った？」

「いえ。研修中に見せてはいただきましたけど」

「一式渡しておくから、目を通してどういう品物があるかできるだけ把握しておくようにね。商談のたびにカタログを使うとは限らないし、聞いてても意味がわからないんじゃ時間の無駄だから」

いったん席を立った三橋が、分厚いカタログを数冊手に戻ってくる。どんどん目の前に積み上がった上にさらに重ねられた薄いパンフレットは種類別のカタログや新製品のもので、大型の手術機器やスポーツジムにありそうなトレーニングマシンから子どもが喜んで遊びそうなゲームまで幅広い。

「一階の展示室には、全部じゃないけど大抵のものは置いてある。九時から十七時まで開いてるから、なるべく時間を作って現物を見に行くといいよ。ただ、本来はお客さんの見学用だからそのつもりで、邪魔はしないように注意な」

言われた内容を手早く手帳にメモしていく。一通りの話を聞き終えた時には、十ページ近くが埋まっていた。

「だいたいそんなとこかなあ。細かい取りこぼしはあるだろうけど、おいおい覚えていくしかないね」

「ありがとうございます。助かります」

カタログを詰め込んだ紙袋はずっしりと重かった。これを全部覚えるのかと気重になった自分を叱咤しながら頭を下げた融に、三橋はにっこり笑ってみせる。

「わからないことがあったら遠慮なく訊きにおいで。まあ、前原さんがついてるなら必要ないだろうけどね」

「……そうですね」

不意打ちで出た名前に、答える語尾が上がってしまった。本音が出たのか表情も微妙だったらしく、三橋が目を丸くしている。融が表情を引き締める前に、くすくすと笑いだした。

「初っ端がアレだったもんなあ。苦手意識ができちゃった？」

「いえ、そんなことは」

「初めてだと驚くだろうけど、前原さんってもともとああいう人だよ。機嫌がよくなかったのは面倒が嫌いだからで、田阪本人がどうこうってわけじゃない。その気になって食らいついていけばちゃんと教えてくれるから、頑張ってみて」

　そう言われたところで、今の融には何も言えない。返事に困って黙っていると、三橋は苦笑した。

「最初はやりにくいだろうけど、慣れたら結構楽しい人だよ。何よりここ数年、成績がトップ３から落ちたことがないんだよね。滅多に新人の面倒は見ない人だから、直接指導してもらえるのは運がいいんじゃないかな」

「そうかもしれません、ね……」

「じゃあオレはこのへんで。そっちのドアから出たらホールだから、田阪はそっち使いな。課長も前原さんも仕事中だし、もう挨拶はしなくていいだろ」

　あっさり腰を上げた三橋について慌てて立ち上がり、融は頭を下げる。

「いろいろ教えてくださって、ありがとうございました」

「ん。あと、前原さんとどうしても無理ならオレに言いな。どうにかしておまえと立場を替えてもらうから」

　思い出したように付け加えられた台詞《せりふ》に、どう考えてもそれは無理だろうと内心で突っ込んだ。三橋を見送ってから荷物をまとめると、融は教わったドアを出て営業部をあとにする。

　まだ仕事している者が多いからだろう、人気のないエレベーターホールにいてもどことなくざわめいている。了承を得たとはいえ何となく落ち着かず周囲を見回していると、緑色に光る非常口の表示が目についた。

　大事なことを、忘れていた気がした。何だったかと首を傾《かし》げながら、融はやってきたエレベーターに乗り込む。一階のボタンを押した時に、思い出した。

既視感を覚えたのは人に対してではなく、ライトブラウンのスーツに、だ。淡く優しい色合いはもちろん、ラインやデザインに遊びがあるため着こなしが難しく、営業職が着るスーツとしては珍しいタイプだ。

だから、非常階段にいたもうひとりの人物は営業部員ではないと思い込んでいた。営業部で気にかけたのは紺のスーツとシルバーフレームの眼鏡だけで、ライトブラウンのスーツは探しもしなかった。

（ちょっと待ってよ。オレは別れたくないって、さっきから言ってるよね？）

（直接指導してもらえるのは運がいいんじゃないかな）

非常階段で聞いた声と、先ほど説明してくれた声とが交互に耳によみがえる。イントネーションや響きがそっくり同じならまず同一人物に違いなく、つまりあの時、前原と痴話喧嘩していたのは――。

「嘘だろ……？」

いくら何でもそれはない。一階で開いたエレベーターから降り損ねて急いで「開」ボタンを押しながら、融は自分の間の悪さを心底呪った。

2

食事を美味しくないと感じるのは、よくない兆候だ。

どうにも進まない箸を持て余しながら、融《とおる》は同じテーブルにいる相手に気づかれないようため息を噛み殺す。

　向かいに腰掛けた前原《まえはら》は食事の合間にかかってきた電話の応対をすませ、タブレット端末を前に何やら作業中だ。聞いた話では出先で報告書等の下書きをすませているようだから、今まさにそれをやっているのかもしれない。

　ランチタイムぎりぎりで駆け込んでオーダーしたせいか、少し前までは半分以上席が埋まっていた店内も今は融たちを含めて二組のみだ。もう一組は読書中のひとり客なので静かなのは当然として、融たちがいるこのテーブルもオーダー直後からほとんど会話がない。もはや慣れたとはいえ、どうにも気詰まりだ。

　半端に手を止めたせいか、完全に食欲が失せた。まだ半分以上中身が残ったランチをトレイごとテーブルの端に押しやって、融はすでに運ばれてきていたコーヒーカップに手を伸ばす。すっかり冷めてしまった中身は、煮詰まっていたのか焦《こ》げた味がした。

　融が正式に営業部に配属になってから、今日で四日目になる。その間、書類関連の説明を受けた昨日の午後以外は、ずっと前原と行動をともにしていた。当然のことに、昨日以外は昼食の際も一緒だ。

　にもかかわらず、融は未《いま》だに前原と会話らしい会話をできずにいる。

　口数が少なく舌鋒《ぜっぽう》鋭く、面倒になると相手にしない。融に対する前原の態度はずっとその調子で、やりとりといえば初回同様のぶつ切れの単語状態だ。それでいて必要事項だけは伝わってくるのがすごいと感心したものの、正直ここまで愛想がなくて本当に営業成績がいいのだろうかと思った——のだが。

「田阪《たさか》」

「はいっ」

反射的に顔を上げると、前原はすでに腰を上げていた。テーブルの上にあったはずのタブレット端末や手帳もすっかり片づけられている。

遅れまいと、慌てて席を立つ。ポケットに突っ込んでいた財布から支払いをすませた時には、前原はすでに駐車場の社用車の運転席に乗り込んでいた。

助手席に乗った融がシートベルトをつける前に走りだした車中で、次の訪問先として予定になかったクリニック名を知らされる。まだ行ったことはなかったが、確か四日前に見せてもらった前原の担当先の中にあった。修理依頼、と続いた言葉から察するに、先ほどの電話がその連絡だったのだろう。

前原の担当先は病院のような医療施設から老人施設や介護事業所と様々だが、なかでも個人経営のクリニックが多い。その多くが飛び込み営業で前原が得た取引先で、気難しく前原以外の担当者を受け入れないと、これは前原本人ではなく営業部の別の先輩から聞かされた。前原の担当先の多くが必要な設備投資に妥協しないらしく、ごく最近七桁の取引をしたところもあるという。

「電話でもお話しした通り、電源は入るし最初はちゃんと動くんですよ。けど、途中で勝手に出力が落ちていくの。うまくいく時もあるんだけど、そうじゃない時もあって」

「わかりました。少々拝見させていただきます」

訪れたクリニックの廊下の奥、待合室から離れた場所にキャスターがついた小型冷蔵庫ほどの大きさの機械が置いてあった。蓋《ふた》にあたる部分にある自社マークはすぐにわかったものの、必死で考えても融にはそれがどういうものだったのか思い出せずにいる。

その機械を前に作業中の前原の隣にはこのクリニックの看護師がいて、あれこれと意見交換している。聞いていれば思い出せるかもと耳を澄ましてみても、聞き取れるのはよくわからない専門語ばかりだ。近づいてみたくても場所は狭く、今の融がいたところで邪魔になるだけなのは明白だったため、少し離れた壁際から様子を眺めている。

「代替品を手配した方がいいですね。ちょっと失礼」

　五分ほどの話し合いを経て、修理に出すことに決まったようだ。その場で携帯電話を操作した前原は数分で通話を終え、看護師に予想される故障箇所と原因をざっと説明した。それを聞いてもちんぷんかんぷんな自分に、融は知識のなさを痛感させられる。

「おそらく修理ですむと思いますが、長年使用されているものですので買い換えの必要が出るかもしれません。そのあたりの見極めをした上で、修理見積もりと予定期間を連絡差し上げます。数日かかるかもしれませんが、よろしいでしょうか?」

「了解です。代わりはいつ来ます?　明日の午前中に必要なんですけど」

「明日の朝一番にお届けします」

　事務的に言う横顔は、相変わらず表情が薄い。求められる説明や質問の答えはきっちり返すものの、それが終わればすっと黙ってしまうのが前原だ。

　それでも、今日はまだ会話が多い方だ。先日訪れた取引先事務所では担当者と前原とが顔をつき合わせたまま十分近く黙り込んでしまい、見ているだけの融の方が精神的に疲弊《ひへい》した。

　――なのに、前原は取引先のどこに出向いても気持ちよく迎えられ、コンスタントに受注している。例の十分近くの沈黙のあとには七桁単位の取引が成立したものだから、自分の目と耳を疑った。

　前の職場で聞いていた営業向きの性格は「人当たりがよく話術に長《た》けている」というもので、前原とは正反対だ。実際、もっと話さなくていいのかと思うことも多い。

　それでも結果が出ているのは何故なのか。――初日に生まれた疑問は未《いま》だ、融の中で大きく引っかかっている。とはいえ前原本人に訊いていい内容だとは思えないし、そもそもまともな会話ができないのではどうしようもない。結局、融は質問の機会をずるずると逃してしまっていた。

「――何か質問は？」

「あ、ええと」

外回りを終えて帰社した定時過ぎ、自らのデスクについた前原がそう切り出す。

融が移動中ろくに質問しないせいか、前原は初日から今のような帰社直後と、他では昼食後に必ずそう訊いてくる。必要なことだとわかってはいても、呆れた様子で露骨に問われるとかえって緊張した。

ふたりでのミーティングだから、前原と真正面から向き合うことになる。シルバーフレームの眼鏡越しに見据える強い視線に気圧《けお》されて、融は俯《うつむ》くしかなくなってしまう。

「……最後に行った病院で――」

口にしかけた質問が、前原と目が合うなり蒸発していく。言葉を失った融を前原は無言で見つめるだけで、長く続く沈黙に神経をがりがりと削られていった。

「……すみません、特にはない、です」

結局、俯いたままの融の上に、前原の放り出すような声が落ちてくる。

「だったら終わりだ。報告書は明日の朝提出」

「はい。ありがとうございました」

融はさらに頭を下げて、前原の前から辞した。ひどい自己嫌悪を持て余しながら、営業部初日以来、定位置となりつつある資料室へと向かう。

営業部にきちんと席を作ってもらったものの、そこにいるとほぼ真正面に前原が見えてしまうのだ。あの目で見られるのを避けたくて、融は資料の読み込みを理由に初日から資料室のテーブルを常用している。人の出入りが多くたびたび声をかけられることになっても、その方がずっと気楽だ。

「なあ田阪、おまえ大丈夫か？　そんなに前原さんが苦手？」

「苦手なわけじゃないんですけど」

あとを追うように資料室にやってきた西山《にしやま》が、テーブルに近づいて言う。学年でひとつ上の彼は人懐《ひとなつ》こいたちらしく、よくこんなふうに声をかけてくれる。例の、前原の取引先のことを教えてくれたのも西山だ。

「けど得意でもないよな。まあ、気持ちはわかるけどさあ……オレも、未だにちょっと苦手だし。けど結構親切だったりするし、頭いい人だから一緒にいると参考になることも多いはずだぞ？」

　この四日で知ったことだが、三橋《みはし》や西山を始めとした営業部の面々は総じて前原に一目置いている。自らも苦手だと言い、融に同情を示しながらも擁護するのは、言い方がきつくてとっつきにくくても前原がきちんと結果を出しているからだろう。

　あらゆる意味で、無駄が嫌いな人だ。たった四日だけれど、融の目にも前原は超然と仕事をする人だと映った。

　だから苦手意識が消えるかといえば、そう簡単にはいかない。思いはしても口に出せるわけがなく、曖昧《あいまい》に頷くだけの融を西山は困ったように眺めている。

「余計なこと考えずに、思い切ってどーんとぶつかってみな。前原さんって回りくどいの嫌いだし、その方がすっきりすると思うぞ」

「そうですね。頑張ってみます」

　他に返事が見つからず、どうにか笑みを作った。ほっとした顔になった西山が目当ての品を手に出ていくのを眺めながら、融は複雑な気分になる。

　前原が無口でとっつきにくいのは、西山を含めた営業部の面々の前でも同じだ。それでも彼らとはきちんと会話をし、時に助言もしている。ごく稀に冗談らしきものを言うこともあって、そういう時の前原は定番の無表情をわずかに崩して雰囲気も和らいでいる。

　けれど、前原は融が相手の時にはまるでそんな態度を見せない。丸四日間、まともな受け答えもできずあとをついて歩くだけの融に注意することもなく、ここ二日は昼休みとミーティング以外では顔さえ見ようとしなくなった。途中で不自然に言葉が途切れても、先を気にする素振りを見せない。

　要するに、まともに相手をされていないのだ。当初に見せた無関心そのものの態度を貫いている。

　無理もないことだと、わかってはいる。忙しい中、営業先に連れてきているのに質問ひとつできない新人など、やる気なしとみなされて当然だ。

　せっかく再就職できたのにと、焦りが膨らんでいく。このままでは駄目だとわかっているのに、前原のあの目を見ると思考が動かなくなる。空回りした思考はオーバーヒートしてしまい、言うべき言葉を失ってしまう――。

「別人なのは、わかってるんだけどな」

　割り切りがよく諦めが早いのが融だったはずだ。だからこそ、前の職場でもぎりぎりまで堪《こら》えることができた。

　……なのに、これだけがどうにもままならない。重なるのは冷ややかな視線とシルバーフレームの眼鏡だけなのに、どんなに似て見えたところで前原は「あいつ」じゃないのに――きちんと理解しているはずなのに、気持ちが萎縮してしまう。

　ぐっと奥歯を噛みしめて融は目当てのカタログを手に取った。午後一番に出向いたクリニックで前原が調子を見ていた医療機器はこれだったはずだ。読み直していくうちにあの時に感じた疑問を思い出して、開いた手帳に片っ端から書きつけていく。

　言葉で言えないなら、報告書とは別に質問事項をまとめて出せばいいのだ。それで呆れられたとしても、今のまま何もできずにいるよりずっといい。そう思った時、背後でドアが開く音がした。

「田阪。今日はもう帰れ」

「え」

　直後に聞こえた低い声に、びくりと大きく肩が揺れた。目を向けた先にドアノブを握って立つ前原を見つけて、ぎくりと気持ちが軋《きし》む。

　シルバーフレーム越しの視線の冷ややかさに、とんでもないことをやらかしたような気がした。

「今の状況で残っても無駄だ」

融の返事を待たず、音を立ててドアが閉じる。呆然として動けずにいると、林立する棚の奥から足音が近づいてきた。

どうやら奥に誰かがいたようだ。この資料室は奥に細長い間取りになっている上、天井まである棚やそこに置かれた品物のせいで視界が悪く、物音か声がしないと人の出入りに気づかないことがある。

「よ。また居残り？」

聞き覚えのある軽い声音とともに棚の間から顔を覗かせた人物に、融はほっと肩の力を抜いた。

「三橋さん、奥にいらしたんですか。まだ戻られてないのかと思ってました」

「ちょっと頼まれ事があってさ。それはそうと、今の前原さんだよね？　指示されたんだったら早く帰った方がいいよ」

「でも、まだ勉強しないと」

握りっ放しのカタログがよれているのに気づいて慌てて手で伸ばしていると、三橋に取り上げられてしまった。

「下手に残ってると前原さん本気でキレるし、そうなったらもっと怖いよ？　ほら、さっさと支度しろって。で、オレとお茶でもしよう」

「……はい？」

何とも言えない気分で見上げていたら、最後に思いがけない一言がくっついてきた。ぽかんと見返した融に、三橋はにっこりときれいに笑う。

「何かあったんだろ？　そんな顔してるくらいだったら、とっとと話して楽になった方がいいんじゃないの」


三橋とゆっくり話すのは、そういえば初日以来だ。顔を合わせた時には必ず声をかけてくれたけれど、三橋も忙しいようで交わす言葉も二言三言がせいぜいだった。

「緊張して質問できない、か。まあ、そうなるよなあ」

　三橋に連れていかれた場所は、一階にある喫茶コーナーだ。受付も事務室も閉じられた今、フロアの明かりはかなり絞られていて、スポットライトのようにそこだけ仄《ほの》かに明るい。そんな中、自動販売機でそれぞれに買った飲み物を手にソファに座って話し込んでいる。

「田阪、毎回必ずメモ取ってなかったっけ？　そっちに質問書いといて、見ながら喋《しゃべ》るって手もあるんじゃないの」

「それは、失礼じゃないでしょうか。質問は相手の顔を見てするのが当たり前だって、前に聞いた覚えがあるんですけど」

「何それ。前原さんがそんなこと言うわけないだろ」

　呆れ声で言われて、融は急いで言い直す。

「前原さんに言われたんじゃなくて、前の職場でそれをやって顰蹙《ひんしゅく》を買ったんです。だったら、報告書に質問状を添付すればいいかと」

「前原さんは二度手間を嫌うから、目の前でメモ読んだ方がいいと思うよ。それか、手の甲にキーワードでも書いとけば芋蔓式《いもづるしき》に思い出せるんじゃないの……ちょっとこれ何！　メモびっしりじゃん」

　融の手帳をぺらぺらとめくって、三橋は感心したように唸《うな》る。面映《おもは》ゆさに、融は緩みそうになった頬を急いで引き締めた。

「わからないことは片っ端から書くようにしてるんです。もっとも、わかることの方が少ないんですけど」

「真面目だなー。このへん、ちゃんと調べてるし。……お、ここは今教えてやるよ」

　手帳を返してくれたかと思うと、三橋は午前中に融がメモした疑問のいくつかに明瞭な回答をくれた。けれどその中にもわからない箇所があって、思い切って訊いてみたらすんなりと答えを返してくれた。

　手早くメモしていく融の手元を覗き込んで、三橋は思いついたように言う。

「あんまりキツいなら課長に相談してみる？」

「課長に、ですか？」

「現状報告してやっぱり無理だって言えば、たぶん考えてくれると思うよ」

「いえ、そこまでは……まだ四日目ですし」

　融の評価が下がるだけなら自業自得ですむが、下手をすると前原の面子《メンツ》まで潰してしまう。今後のことを思うと、それはどうにも躊躇《ためら》われた。何しろ前原が持つ周囲への影響力はけして小さくない。

「そうは言っても、相性悪いんだったらどうしようもないだろ。前原さんが新人指導を厭がってるのも事実だしさ」

「厭がってる？」

「根本的に無駄が嫌いな人なんだよ。あと、本人が大抵のことをそつなくこなすからだろうけど、指導する相手にもそれなりのものを求めるわけ。手間と時間がかかるわりに無駄が多いし、自分には向いてないって言ってた。前にやったのは確か三年前だな」

　三年、と繰り返した融に、三橋は頷く。

「オレの次に指導してもらったやつが最後だったんだけど、そいつがまた見事なくらい前原さんと合わなくて、周囲を巻き込んで揉めたんだよね。最終的に課長判断で指導役を変更したんだけど、以降は前原さんの方から断ってるはず」

「そうなんですか？　だったらどうして……」

「んー、田阪に年単位の経験があったからじゃない？　人当たりも悪くないから大丈夫だと思われたとか」

「……それなら、もう少し頑張ってみるしかないですよね」

「ん？」

　意外そうな顔をした三橋に、融は何とも言えない気分で苦笑した。

　指導役を替えてもらえば楽にはなるだろうが、融が退職しない限り、前原と同じ課内で働くことになるのだ。すでに不興を買っているからこそ、少しでも挽回しておかないとあとが辛《つら》い。それに——いつまでも「あいつ」の幻影に惑わされたくない。

「頑張れそうなら、それに越したことはないかな。顔が怖くてとっつきにくいだけで、前原さんも同じ人間だしね。いくらちっこくても、田阪を取って食ったりはしないだろ」

「……おれ別にちっこくないです、平均身長より二ミリ高いし」

「却下ー。オレとか前原さんから見れば十分ちっこいし」

　むっとして反論したら、鼻で笑って返された。

「それは、おれが低いんじゃなくて三橋さんたちが高いんですよ」

「相対的に田阪がちっこい。そういうことだよね？」

　ふっ、と目を細めて見られて、融は返す言葉に困って唸る。実際のところ、間違ってはいない。いないがしかし、面と向かって言われたくはない。

「お、結構な時間になったな。気をつけて帰れよ」

「はい。わざわざありがとうございました。それと、忙しいのにお時間取ってしまってすみません」

　帰り支度をしている融と違って、三橋は手ぶらだ。これから営業部に戻って書類を片づけるのだと気づいて、申し訳なさに頭が下がった。

「いい気分転換になったから、結果オーライかな。頑張るのはいいけど無理はすんなよ。何かあったら相談しろな」

「はい。……お先に、失礼します」

　先に行くよう強く促されて、申し訳なく思いながら通用口から外に出た。

　時刻はとうに、二十時を過ぎている。夜の中、ネオンサインが瞬《またた》く通りを最寄り駅へ向かいながら、融はずっと重苦しかった胸の中がほんの少し明るくなっていった。

　はっきり前原を咎めながら、融を責めることもしない。配属前に挨拶に行った時も今も、三橋は一貫してそのスタンスでいてくれる。それが、泣きたくなるほどありがたかった。

3

　とにかく話しかけてみようと、一晩かけて覚悟を決めた。

　前原《まえはら》とのつきあいは、今日をいれてもまだ一週間にならない。「しない、できない」ことに呆れられたのなら、「やってみる」ことでいくらかでも挽回できる可能性はある。

　同じ自業自得でも、指導役が変更になるにしても、その前にやれるだけのことはやっておきたい。そうでもしないと自己嫌悪で潰れそうだ。

　顔を見て話すのは今後の課題ということにして、まずは会話してみることだ。単語レベルの連想ゲームめいたものではなく、前原から自発的に話してもらえるまで、ひたすら話しかけてみる。

　もっとも、それに前原が応じてくれるとは限らないけれども。

「三橋《みはし》から聞いたのか」

　そう思っていたから、今にも途切れそうなやりとりの途中で前原の声に常にない色が混じった時には期待した。

「はい。昨日の帰り際に声をかけてもらったので、その時に。最初の挨拶以来、よく声をかけてくださるんです」

「……あいつから？」

　打てば響くとは言わないが、二往復以上のやりとりが続いたのは初めてだ。内心で感動しながら、そういえば挨拶の時から三橋と前原は親しげだったと思い出す。もっと早く三橋を話題にしてみればよかったと、相変わらず寸分の緩みもない前原のネクタイの結び目を見ながら思った。

　ランチタイムを過ぎた定食屋店内は人影もまばらだ。窓際の席につく融《とおる》たち以外には、対角線上の位置にあるテーブルにカップルらしき男女がいるだけになっている。

「そうです。昨日はいろいろ質問にも答えてもらって」

「……質問？」

「はい。外回りでわからなかったこととか、他に個人的な話も少し」

ほっとした反動で、つい気が緩んだ。それだから、次の前原の声を聞くまで自分がまずいことを言ったとは思いもしなかった。

「個人的な質問を、おまえの方から、ね」

返ってきた声はこれまで以上に低く、底冷えのする響きを含んでいる。急激な変化にぞわりと鳥肌が立った。

これまで一度として前原に質問しなかった融が、三橋にそれをしたと断言したのだ。前原からすれば、指導役は当てにならないと言い切られたようなものだろう。

「違うんです！　前原さんに訊こうと思ってたんですけど、うまく言えなくて、それで」

「――なるほど」

短い返答に続いた沈黙は重く、呼吸すらできなくなる。つい先ほどまでとは空気が違う。融が言い淀み無言になった時に定番の、乾いた無関心とは別の、ヒリつくような強い何かを含んでいる。

前原の視線は強すぎて、俯《うつむ》いていても見られているのがわかる。けれど、息苦しくなるまでの圧迫感を覚えたのは初めてだ。どうにもいたたまれずそろりと顔を上げてみて、融は息を呑む。

じいっとこちらを見据えていた前原の顔が、露骨に呆れていたのだ。

「それで？　結局、何が言いたい」

一音ずつ区切るような問いの意味はわかるのに、うまく理解できない。ただ、とんでもなく苛立たせたらしいのはわかった。やっと見つけた解決の糸口が呆気なく切れてしまった喪失感に混乱するばかりだ。

「やっと喋《しゃべ》ったかと思えばまた黙《だんま》りか。――どういうつもりで三橋に近づいた？」

「おれから近づいたわけじゃないです。三橋さんが、おれを気にかけてくれたみたいで」

　鋭く突きつけられた問いの、これまでにない鋭さに怯《ひる》む。ともすれば揺れそうになる声をできるだけ抑えながら、融はまだ前原から視線を逸らせない。

　胡散臭《うさんくさ》いものを見るような前原の表情から、融の言い分がまったく信用されていないのがわかった。ずんと重くなった胃のあたりを無意識に手で押さえたあとで、融はかすかな違和感に気づく。

　表情が薄い前原が、こうも感情を見せたのは初めてだ。融に対し常に侮蔑の眼差しを向けていたのは以前の職場にいたあいつであって、これまでの前原はただ呆れていただけだった。

　けれど、それも今さらだ。目の前の前原はあいつと同じ目をしていて、だったら同じようなことをするに決まっている。知らないうちに捻《ね》じ曲《ま》がった話が広まり、親しかった相手から距離を取られて、最後は仕事のミスを被せられ責任を取らされて終わりだ。きっと三橋も、明日以降は融を相手にしなくなる。挨拶どころか、避けられるかもしれない……。

　一足飛びに出た結論に、胸の奥でひび割れが走った。どうせ同じことを繰り返すなら、できる限り抵抗してやろうと思ったのだ。

「本当です。おれが前原さんにうまく馴染めないのに気がついてくれたので、それに甘えて相談しました。聞かれて困るようなことは何もしていません」

「人嫌いの三橋が自分から新人に近づくはずはないな。――非常階段の件でも持ち出したのか」

「……？」

　断定的な物言いは、融には意味不明だった。三橋が人嫌いとは思えないし、非常階段は何の関係もない。

　開き直って吹っ切れたのか、前原の目を見るのにもはや躊躇《ためら》いはない。胡乱《うろん》な気分で真っ向から見返していると、向こうは眉間《みけん》の皺《しわ》をさらに深くした。窺《うかが》うように、じいっと融を見据えてくる。

「おまえの言動は不可解すぎる。……何を望んでいるのかは知らないが、関係のない三橋まで巻き込むな」

その一言に、融の中で何かがキレた。

「望むとか巻き込むとか、何のことだかわかりません。おれは三橋さんに助けてもらっただけです！　だいたい、おれが三橋さんに何するって言うんですか」

「だったら三橋の方がおまえを脅《おど》してるのか？　たった四日で何の弱みを握られたんだ」

「はあ？」

何でそうなると思った時には、声が勝手に出ていた。

「さっきから仰ってることがおかしくないですか⁉　そもそも三橋さんに対して失礼です。三橋さん、いつも前原さんのことを誉めてるんですよ？　おれが疑われるのは自業自得だとしても、三橋さんまで！　あと非常階段って何ですか、おれまだ一度も行ったことがな――」

そこまで言って、あれと思う。所属が決まって営業部に挨拶に行った日、融は確かに非常階段に出た。エレベーターの中で気分が悪くなって少しだけ息を抜くつもりが、下の階で痴話喧嘩《ちわげんか》を始めた男同士がいて――。

「……あ」

唐突に、思考が繋がった。前原たちとのファーストコンタクトは間違いなくあの場所で、ありていに言えば融はふたりの秘密を覗き見してしまったのだ。

「非常階段に行ったことがない、と？」

一段と低くなった声に背すじが冷えるのを実感しながら、融は必死で言葉を選ぶ。

「いえ……すみません、忘れてました」

「何？」

「挨拶の時、前原さんのことはすぐわかりましたし、三橋さんのことも帰りに思い出してたんですけど……そのあとは、それどころじゃなくて。でも」

ひとつ息を呑み込んで、顔を上げる。まっすぐに、前原を見据えて言った。

「おれは三橋さんを恩人だと思ってますし、そういう人を脅すほど根性腐ってないつもりです。非常階段で前原さんと目が合った時も、面倒なことになりそうだから困ると思っただけですし」

「面倒？」

「自分のだろうが他人のだろうが、おれにとって社内恋愛は鬼門なんで関わる気はないです。それに三橋さんみたいにきれいで人懐《ひとなつ》こくて優しい人相手だったら男同士でもくらっとくることがあってもおかしくないかなーと……いや、おれは男相手にそういうのは絶対にありませんけど！　それ以前に、聞かれて困る話をあんなとこでするのは間違ってませんか？　誰かに聞かれて噂になったら三橋さんが困るんで、今後はちゃんと時と場所を考えてください！」

　前原の顔を見ているうちにむっとして、気がついたらそう言い放っていた。達成感とともに、融は目の前にあったカップの中身を一気飲みする。

「……なるほど」

　呆れたとも感心したともつかないつぶやきに、全身から血の気が引いた。

　今、自分が言い返した相手は、あの前原だ。それでなくとも融に苛ついていたはずの相手に、遠慮もなく楯《たて》突《っ》いた。

　前原の表情は、相変わらず薄い。これまでとは別の意味で目を合わせていられず、融は下を向いてしまう。

　転職して一か月も経たずにまた退職かと、諦《あきら》めに似た気分になる。うまくやろう、頑張ってみようと決めた翌日にこれでは、我ながら呆れるしかない。

　覚悟を決めた融だったが、いつまでたっても落ちてくるのは沈黙ばかりだ。洒落《しゃれ》にならないほど怒らせたのかと戦々恐々としながらそろりと顔を上げたとたん、じいっとこちらを見つめる前原の視線にぶつかった。ただし、前原の顔つきは興味深そうなものに変わっている。

「まともに喋ることもできるんだな」

「……はあ」

「酒は？　多少は飲めるんだろう」

「ふつうです。強くはないですけど」

　いきなり話が飛んだ前原も不思議なら、それにすらすら答えている自分もおかしい。目の前にいるこの人は誰だったろうと、わかりきったことを考えてしまう。

「今日は早めに仕事を終わらせる。そのあとで一杯つきあえ」

「――――」

　目の前で、パンダが人の言葉を喋ったような気がした。固まって動けない融を軽く覗き込みながら、前原は言う。

「都合がつかないなら、無理にとは言わないが」

「いえ、予定はないです」

「よし。午後は早めに動くぞ。遅れるな」

　身軽に腰を上げた前原は、融が目を丸くして見ている間に鞄《かばん》を手にレジへ向かった。口を開けたまま見送る融をおいて、支払いを終えて振り返る。

「急げ。おいていくぞ」

「わ、すみませんっ！」

　慌てて席を立ち、レジへと突進する。出入り口で待っていた前原が面白がるような顔をしているのを見て、何が起きたのかとまた目を丸くした。

4

「適当につまみを注文しておいてくれ。すぐ戻る」

「はい」

鳴り響く携帯電話を手に個室を出ていく前原《まえはら》の長身を見送って、融《とおる》は目の前のテーブルに広げられたメニュー表に視線を落とす。

うろうろと周囲に向けた目に映るのは、どこの居酒屋でもありがちな場の半分近くをテーブルが占める三畳ほどの個室だ。

「……何でこうなったんだろ？」

ぽそりと落ちたつぶやきは、融の愚痴であり本音だ。

もちろん、昼休憩での経緯はすべて覚えている。わからないのは、昼休憩後から顕著になった自分自身の、そして前原の変化の方だ。

ランチを摂《と》った喫茶店を出て車で次の営業先に向かう間に、融の気持ちも少しずつ落ち着いた。自分が前原を怒鳴りつけたことも、にもかかわらず前原がいっさい咎《とが》めなかったことも、認識した。

それでも覚悟はしておくべきだと思った。融の目に上機嫌に見えたからといって、本当にそうだとは限らない。むしろ帰社後に課長経由で引導を渡される可能性の方が高い。

なのに、午後最初の取引先へと向かう車中からまず違っていた。

会話らしい会話はまったくないのに、車内からいつもの張り詰めた空気が消えていた。前原を見るたび条件反射のように起きていた過度の緊張も、きれいになくなっていたのだ。

それと気づいたきっかけは、午後三件目の取引先になる病院で起きた。購入検討中のストレッチャーについての先方の担当者からの質問を、前原は不意打ちで融に振ってきたのだ。

これまで一度もなかったことに驚いて、けれど奇妙なほどすんなりと答えることができた。

　ストレッチャーそのものは二日前、他の取引先でも話題に出た品だ。新製品ということもあってパンフレットには丁寧に目を通していたし、社の一階にある展示室で現物にも触っていた。その時、運良く修理メンテナンス部門の社員が近くにいて、融を新入社員と知るなり丁寧な解説をしてくれたのだ。

　思い出しながらの説明だったが印象が強くはっきり覚えていたし、続いた質問には前原も細かいフォローを入れてくれた。最終的に先方から「まずは見積もりを」との言葉を引き出すことができて、嬉しさに頬が緩んでしまった。

　話を振ってくれた前原に感謝したものの、なぜ今日に限ってあんな真似をしたのだろうと訝しく思ったのも確かだ。そうしたら、移動の車中で前を見たままの前原から他人事《ひとごと》のように言われたのだ。

（きちんと勉強しているわけだな）

　つまり、試されたわけだ。驚くよりも、取引先でいきなりそれをやった前原に呆れた。

（さっきの、おれが答えられなかったらまずかったんじゃないですか？）

（新人の勉強不足ってことで、揃って恥をかいて終わるだけだ。——先日は、展示室でずいぶん熱心に見ていたそうじゃないか。わからないなりに質問が的確だったと、ずいぶん感心されていたぞ）

　つまり、すでに融が知識を得ていると知っていたわけだ。どういう経路で知ったのかと驚いたあとで、自分が物怖《ものお》じせず前原と話しているのを自覚した。

　だからといって、前原の態度が豹変《ひょうへん》したというわけでもないのだ。表情が薄いのも口数が少ないのもそのままで、帰りの車中でもほとんど会話はなかった。

　変わったのは、おそらく融の方だ。あいつと切り離すことで、前原の言動の多くがオセロの駒のように色を変えていった。

　たとえば前原が昼休憩後や帰社後に質問の時間を取

ったのは、うまく話せない融に自分のペースで話す猶予を与えるためではないだろうか。だからこそ急かすことなく、無言で融の言葉を待っていたのではないか？

素っ気なくとも挨拶を無視されることはなかったし、ぶつ切れでも予定や必要な情報や知識はきちんと伝えてくれていた。そういう意味で、公正だったのだ。

この飲みの誘いにしても、前原の言い方次第で融を絶対に断れない状況に置くのは簡単だったはずだ。なのに、融が言い淀んだだけで譲歩の姿勢を見せてくれた——。

「注文は？　まだすませてないのか」

「すみません、ええと、前原さんの好みがわからなくて」

戻ってきた前原が、メニューを握っている融を見て不思議そうに言う。これまでとは違う緊張を覚えてわたわたする融の向かいにゆったりと腰を下ろすと、シルバーフレームの眼鏡を指先で押し上げた。

「おまえが好きなものを五品選べ。こっちはこっちで選んでおく」

「はい」

食べたいものを挙げていったら四品まで被ってしまい、戸惑うような気恥ずかしいような気分になった。ぽつぽつと話しながら合計十品を選び、生ビールを運んできた店員にオーダーする。たった今きたばかりのビールの追加を頼む前原に妙に感心していると、目を合わせて思いついたように言われた。

「乾杯」

「はい。お疲れさまです」

前原が掲げてきたジョッキに、自分のジョッキを触れ合わせる。喉を仰《の》け反《ぞ》らせた前原のいかにも豪快な飲みっぷりを眺めて、似合わなさに感動してしまった。

退社後の飲み屋に入ってすらネクタイを緩めない前原は、見るからに折り目正しくストイックなイメージだ。それで空のジョッキを手に満足げな息を吐くのだから、何とも噛み合わない。

露骨に観察しすぎたらしく、ジョッキを置いた前原と目が合う。どうにも逸らせなくなるのはいつものことで、もう怖がる必要はないのだ。思ったとたんにこれまでの己の行状を思い出して、融は穴があったら入りたい気分になる。

「……三橋さんも、誘った方がよかったですね」

引っ張り出した言葉を反芻《はんすう》し、これは地雷じゃないはずと再確認する。けれど前原は無言のまま、まっすぐに融を見つめていた。

こうやって人を注視するのは、この人の癖なのだろうか。今の融からすれば色の薄い他意のない視線と取れるけれど、前原の目はかなり強い。もしかしたらそのせいで、近寄りがたく見られてしまうのかもしれない。

「昼間の件だが、どうやら言いがかりだったようだ。すまなかった」

「はい？」

ジョッキを手に目を丸くした融に、前原が軽く頭を下げる。予想外の展開にぎょっとして、融は早口に言った。

「態度が悪かったのはおれなんです！　前原さんは不快な思いをなさったと思います。本当にすみませんでした」

「悪いというよりおかしな態度ではあったな。理由を訊いても？」

そう言う低い声にあるのは事務的な響きだけで、好奇心や詮索《せんさく》は感じない。返答に迷ってそろりと顔を上げると、前原はテーブルに肘をついてこちらを見つめていた。

融の返事を、待ってくれているのだ。無理に追及するつもりはなく、言いたくないと告げればそれで終わってくれるだろうと確信する。

あれだけ迷惑をかけておいて隠すのはかえって失礼だと思い直す。潔く白状しようと口を開けた時、苦笑混じりの声がした。

「言いたくないなら無理にとは言わない。詮索は趣味じゃない」

「……前の職場でいろいろあって、人間不信になりかけてたんです。それで」

　パワハラ先輩と混同していたとは言えずに、融はようやく声を振り絞った。これでは返事になっていないとさらに言葉を探していると、前原は頷いて言う。

「そうか。——で、三橋とはどうなんだ。ずいぶん懐《なつ》いているようだが？」

「懐いてますか？　……もしかして前原さん、ずっとおれのこと見てたりしました？」

　顔が赤くなるのが、自分でもわかった。そんな融に、前原はさっくりと言う。

「挙動不審すぎて目を離せなかったな」

「うあ」

　聞いたとたん、その場から走って逃げたくなった。

　前原は、新人指導役として当然のことをしただけだ。そもそも少し考えれば察しがついたことだと、融は深くうなだれてしまう。

「本当にすみません。おれ、失礼なことばっかりで」

「いや。仕事以外の理由もあったしな」

「……はい？」

　顔を上げたら、いつものようにじいっと見つめられた。意味もなく、目を逸らしたら負けだという気分になってくる。

　そこで頼んだ料理が届いたため、睨《にら》めっこも話もいったん中断となった。促されて料理に箸を伸ばしながら、融はちらちらと向かいの席を見る。前原はといえば厨房《ちゅうぼう》に戻る店員に今度は日本酒を頼んだかと思うと、二杯目のジョッキもあっという間に空にしてしまった。

「前原さん、酒強いですね」

「頑丈な肝臓をしているらしい。医者のお墨付きだ」

「それ、便利でいいですねえ。おれ、ある程度飲むと寝落ちするんで、営業向きじゃないってよく言われるんですよね」

「自己管理の範囲だな。うまく立ち回れるようになれ」

　端的な返事にまったくだと頷きながら、「やっぱり全然違う」と思う。

　前の職場の飲みの席では、どんなに説明しても強引に——最後のあたりは脅《おど》すように飲まされた。潰れたまま放置され、あまりの寒さに路上で目を覚ましたこともある。その時の先輩の言い分は「飲めるように鍛えてやっている」で、融の努力不足だと言われて終わった。

「即日醜聞になると踏んでいたんだが、無用な心配だったな」

「は……？」

　脈絡のない言葉に首を傾《かし》げた直後、背すじがぞくりとした。無意識に身を竦めた融を見据えて、前原は続ける。

「いざとなれば、それなりに打つ手も考えていたんだが」

「————」

　前原が、表情の薄かった顔に笑みを浮かべる。今日何度か目にした苦笑とはまるで違う顔に、返す言葉を失った。同時に、前原が言うそれなりの手が他でもない融に対するものだったのだと直感する。

「場所が悪かったのは否定しないが、終業時刻直後の非常階段に先客がいるとは思わなくてね」

　非常階段の一言で意味を悟って、慌てて口を開いたら声がひっくり返った。

「おれ、あの時のことは誰にも言ってませんし、これからも言いません。巻き込まれるの面倒だし、他人の色恋に興味もないです！　第一、醜聞なんか起こしたら三橋さんが困るじゃないですか」

「その話だが、本当に三橋に脅されてないんだろうな？」

　前原の声音から、先ほどの冷えた響きが消えた。それにはほっとしたものの、融は即座に言い返す。

「だから三橋さんはそんな人じゃないです！　それより今後は逢い引きの場所を選んだ方が——」

「あの時、あそこに行こうと言い張ったのは三橋だ。ご丁寧にこっちを脅してきた」

「えっ」

　ぽかんとした融を眺める前原の顔は、気のせいかどことなく楽しげだ。

「脅されていないならいい。おまえが三橋をどう思おうが自由だ。が、一応忠告はしておく」

　首を傾げた融を見据えて、前原は頬杖をつく。今度こそ、唇の端を引き上げて笑った。

「三橋は世話好きでもなければ、親切でもないし、優しくもない。むしろしたたかで計算高い」

「…………」

　嘘だろうと言いたかったけれど、言葉にならない。

　そんな融を、前原は面白そうに眺めていた。

5

　翌朝、融《とおる》は再就職後初の寝坊をした。

　超特急で身支度をして、アパートを飛び出した。いつもの電車には乗り損ねたが次のにはどうにか間に合って、すし詰めの車内で安堵する。この時刻なら、社まで歩いても十分間に合うはずだ。

「大丈夫、か。報告書は仕上げてあるし」

　近くの窓の向こうの景色を眺めながら自覚した手足の怠《だる》さは、昨夜のアルコールのせいだ。帰宅が遅かったせいで寝不足だけれど、気分は悪くない。

　結局、昨夜は終電ぎりぎりまで前原《まえはら》と飲んでいたのだ。大学生の頃から飲みの席はあまり好きではなく、就職後には苦手になっていたはずなのに、とても楽しく過ごせた。

（三橋《みはし》は世話好きでもなければ、親切でもないし、優しくもない。むしろしたたかで計算高い）

その一言で三橋の話題を切り上げた前原は、その後何事もなかったかのように融が報告書に添付して提出した質問状の内容を教えてくれた。質問をすべて覚えていたことにも驚いたけれど、回答には前原自身の体験を交えた解説までついていて、気がついたら夢中になっていた。

前原との時間が過ぎるのはあっという間で、居酒屋を出て別れるのが惜しかった。それで思い切って、「もう一軒どうですか」と言ってみたのだ。

怪訝《けげん》そうに見下ろす前原の様子に、いくら何でも図々しすぎたかと諦《あきら》めかけた。その時「ゆっくり飲める店でなら」と言われて素直に喜んで、直後に自分がその手の店に疎《うと》いのを思い出した。申し訳なく自己申告した融に苦笑して、前原はたまに行くというショットバーに案内してくれた。

無口な前原も、仕事のこととなると口数が増えるようだ。三橋の「聞けば教えてくれる」という言葉通り、融の問いには端的でわかりやすい説明をしてくれたし、間に差し挟んだ問いにも厭《いや》な顔ひとつ見せなかった。

そうして長く話し込んでいるうちに、変に気が大きくなっていたらしい。素面《しらふ》ではまず言えないことを、融はするりと口にしてしまっていた。

（前原さん、昨日おれに残っても無駄だから帰れって言ったでしょう。てっきり見放されたんだと思ってました）

（実際、その手前ではあったな）

ぶっきらぼうに言う前原は平然としていて、とてもじゃないが融の三倍以上飲んでいるように見えなかった。

（やる気があっても見せなければ評価しようがない。例の質問状をもっと早く出せば違っただろうに。まあ、指導役が替わればその必要もなくなるだろうが）

その言葉に、全身が固まった。すぐさま、融は前原に向き直る。

（それって、前原さんはおれの指導役から外れるということですか）

（その予定だ。明日課長に話を通すが、次はすぐ決まるだろう）

　平淡に言われて、心地よく全身を漂っていたアルコールが一気に抜けた。

（……できれば、今のまま前原さんに教えていただくことはできませんか。全面的に、おれが悪いのはわかってるんですけど）

（合わない指導役についても無用の苦労をするだけだぞ）

（そういう話じゃなくて、前原さんの気持ちが聞きたいんです。何を言われても自業自得なのはわかってますから、本当のことを言ってくれませんか）

　どうしても、前原から教わりたいと思ったのだ。駄目になってしまうにしても、本人から決定打を聞いておかなければ諦めきれない気がした。

　融を見ていた前原の目が、眼鏡の奥で面白がるような色を帯びる。水割りのグラスを手に数秒考える素振りをしてから言った。

（本気で俺に教わりたいのか？）

（本気です。少しだけでいいので、猶予をもらえないでしょうか）

　気がついたら、そう頼み込んでいた。俯《うつむ》いていても前原が身体ごとこちらを向くのがわかって、融は顔を上げることなく言い募る。

（迷惑はかけないようにしますし、やれるだけのことはやります。だから）

（あとになってやはり交替しろは聞かないが、それで構わないか？）

　笑うような声に顔を上げると、前原が口角を上げて笑みを浮かべていた。それが融の懇願への承諾だと悟って、心の底から安堵した……。

「おはようございます」

　最寄り駅から会社までは、歩いて十分ほどだ。早足で辿りついたロビーで挨拶の声を上げたあとで、すっと背筋の伸びた紺のスーツ姿を見つけてどきりとする。振り返った相手は、思った通り前原だ。

「いつもより遅いな」

「寝坊して一本逃しました。前原さんは、いつもこの時間ですか？」

　エレベーターホールで融の問いに軽く頷いて返した前原は、昨日までと同じように表情が薄い。それでも、見下ろしてくる眼鏡の奥の視線がほんのわずか和らいでいるような気がした。

「昨夜は遅くまでつきあってくださって、本当にありがとうございました」

「いや。たまには悪くない」

「じゃあ、今日もよろしくお願いします……？」

「そこは疑問形でいいのか」

「よくないです！　間違えました」

　話しているうちに、エレベーターの扉が開いた。乗り込んだ箱は出勤してきた社員で満杯になり、融は前原と一緒に一番奥へと押しやられる。言い訳を考えながら顔を上げると、じいっと見下ろしてくるシルバーフレームの眼鏡と目が合った。

「冗談だ。本気にしなくていい」

「……前原さんって、そういう人だったんですか？」

「咎《とが》めてほしいならそうしてやってもいいぞ」

　眼鏡の奥の目が笑っているのが、どうしてかはっきりわかった。西山《にしやま》もそうだが営業部の人間は人で遊ぶ趣味でもあるのかと、融は少しばかり憮然とする。

　視線に気づいたのはその時だ。見られている気がして顔を向けると、数人がさっと顔を逸らした。

　エレベーターは各階に停《と》まり、人はどんどん減っていく。最終的には融と前原、それに営業部のアシスタントの女性社員二名の四人になった。

「……何か見られてませんでした？」

　エレベーターを降りてから訊いてみると、前原は「何が」と胡乱《うろん》げな顔になった。

　ということは、見られていたのは融だけだったのだろうか。

　営業部に移ったとはいえ今の融は指導期間中で、他部署とはほとんど関わりがない。研修中に世話になった人事担当とは顔も合わせないし、一応同期になるはずの東野《ひがしの》も総務部にいるのを見かける程度だ。顔も名前も知らない社員に注目されるような心当たりはまるっきりない。

　だったら、見られていたと思ったのも気のせいだろう。結論を出して、融は前原について営業部へと急いだ。


　エレベーターでの朝の件が気のせいではないとわかったのは、その日の外回りを終え帰社してまもなくだった。

「今日はここまでだ。今日も残る気か？」

「ちょっとだけ残ります。今教えていただいた内容を確認したいのと、新製品カタログを見直しておこうかと」

「わかった。一時間のみ許可する」

「う、……わかりました。今からかっきり一時間で帰ります」

　承諾とともに釘を刺されて、つい反論しそうになった。それに気づいたのだろう、突っ立ったままの融を眺めていた前原が眉を顰《ひそ》める。無意識に首を竦めていると、頭上にぽふんと乗った重みがくるくると回った。

　前原に、頭を撫でられているのだ。小学生の頃以来の感触にぽかんとしていると、頭の上からすっと重みが消えた。

「悪い。厭だったか？」

「いえ、びっくりしただけです」

「そうか。昨夜も言ったが、一朝一夕に覚えられると思うな。焦って無理せず自分のペースでやれ。ついでに帰れるうちは帰って休め」

「はい。ありがとうございます」

　消えない焦りを見透かされて、苦笑するしかなくなった。そのあとで周囲のざわめきに気づいて困惑した融をよそに、前原は自分のデスクへと戻ってしまった。

　融は自分の行動報告書を提出するだけですむが、前原には一日分の事務処理と報告書作成がある。邪魔してはいけないとその場を離れて、たった今貰《もら》ったアドバイスを記した手帳を手に資料室へ向かった。

　途中、近くにいた社員と目が合うなり慌てて逸らされる。かと思えば今度は別のスタッフの視線を痛いほど感じる有り様で、変に注目されているのを認めざるを得なくなった。

　心当たりがあるとすれば、前原との関係の変化だ。自分でも驚くほどだから無理もないとは思うものの、見られているのが融ばかりだという事実には疑問を覚えてしまう。

「うーん……？」

　自席につくと、この調子で視線を浴びせられそうだ。それは勘弁とばかりに、結局いつものように資料室のテーブルを占拠することにした。広げたカタログと手帳を引き合わせ、出てきた疑問を箇条書きにしていく。その最中に、聞き慣れた声で呼ばれた。

「田阪《たさか》ー、お疲れさん」

「お疲れさまです。で、何でしょう？」

　ひょいと入ってきた西山もまた、目を丸くして融を見ていたひとりだ。あえて直球で問いかけると、彼は困ったように首を竦めた。

「いや、ちょっとパンフ取りに……おまえ、前原さんと和解したんだよな？」

「和解というか、昨日謝って許してもらったんです」

「……仕事上がりの前原さんと一緒に退社したって聞いたけど、その時？」

「はい。飲みに誘っていただいて、ご馳走してもらいました」

　最初の居酒屋だけでなく、ショットバーでも奢られてしまったのだ。二軒目は自分に払わせてほしいと頼んだけれど、きれいに退けられた。

「飲みに誘ったって、前原さんの方から？　一緒に飲んだのか」

「そうです。前原さんて酒豪ですねえ。おれの三倍以上飲んでたのに、最後まで素面《しらふ》に見えましたよ」

　何かの形でお礼をしなければと決意した融をよそに、西山は納得できないようだ。鼻の頭に皺《しわ》を寄せ、融の前のテーブルに組んだ両腕を置いてしゃがみ込む。手の甲に顎《あご》を乗せて言った。

「だからアレだったわけか。納得」

「へ？」

「前原さんが誰かの頭撫でるとか、初めて見た。あとおまえは知らないんだろうけど、前原さんて社内の人間とはまず飲みに行かないぞ。忘年会の類は出席しても一次会で引き揚げるし、誘われて応じるのも相手が課長の時くらいだ。それも課長が誘うばかりで、前原さんから誘われたことは一度もないらしい」

　思いがけない内容に目を見開いて、融は言う。

「最初に誘ってもらった時点では、まだ和解はしてなかったですよ？　二軒目に誘ったのはおれですけど、すんなり了解してくれましたし」

　あれほど強いなら、てっきり営業部の面々としょっちゅう飲みに行くのだろうと思っていたのだが。

「だからそれがあり得ないんだって。まあ、それ言ったら今日の前原さん自体がいつもと全然違ってたけどさ」

「そうなんですか？　おれは、いつも通りだと思いましたけど」

　大きく変わったのは、融への態度だけだ。それも、これまで悪い意味で別扱いだったのが営業部の他の面々と同様に扱ってくれるようになったにすぎない。

「おまえにとってはそうなんだろうなあ。うん、だったら今後も要観察ってことで」

　何とも言えない顔で融を眺めた西山は「時間厳守、頑張れ」の一言を残し、近くにあったパンフレットを手に出ていった。

　そういえばと思い出して、すぐに手元に集中した。まとめをすませて腕時計を見ると、予定の一時間まであと残り五分となっている。

三橋はまだ、仕事中だろうか。

テーブルの上を片づけながら、ふと思った。二度も相談に乗ってもらったのだから、三橋には状況報告がてらお礼を言っておきたい。

問題は、融が三橋の連絡先を知らないことだ。だからといって、仕事中に邪魔をするのは避けるべきだろう。

考えたあげく、手紙を渡そうと決めた。自分の携帯ナンバーとメールアドレス、そして「報告があるのでどこかで時間を取っていただけませんか」と記したメモを、帰り際に三橋のデスクに置いていくことにする。

自席に戻って帰り支度をする頃には、すでに部内の席の半分は空いていた。仕事中の社員の邪魔にならないよう短く挨拶をすませて出入り口へ向かう。その途中、三橋のデスクの端に手紙を置いてみた。

見ていたようなタイミングで手首を掴まれて、思わず声を上げそうになった。呆気に取られた融をよそに目の前で手紙を広げた三橋が、ひそめた声で「駅の西口あたりで待ってて」と伝えてくる。

了承して、融は営業部を出る。ホールでエレベーターを待ちながら、今夜つきあってもらえるなら夕飯をご馳走しなければと決めた。

小一時間も待たず合流した三橋が連れていってくれたのは、昨夜の居酒屋とは対照的な、瀟洒《しょうしゃ》な一軒家を丸ごと使ったダイニングバーだった。

足を踏み入れた店内では天井の梁《はり》が剝き出しになっていて、所々でシーリングファンがゆったり回っている。その梁と色味を揃えたテーブルと椅子もシンプルで、合間に置かれたグリーンが柔らかいアクセントを作っていた。

どうやら予約していたらしく、エントランスで三橋が名乗るとすぐに窓辺の奥まった席へと案内される。

大きな窓の外では、ライトアップされた紅葉の木が枝を伸ばしていた。

「ここって三橋さんの行きつけですか？」

「いや初めて。行きつけに職場の人間連れていくような趣味はないし」

　オーダーをすませたあとで融が口にした問いに、三橋は柔らかい笑みで即答する。

　一瞬「そうなんですか」と返しかけた脳内が、言葉の意味を理解するなり不自然に固まった。見返してみても三橋の表情は変わらず、何か聞き違えたのかと思う。

「どこも予約取れなかったら行きつけにしたかもね。どのみち、一緒に食べに来るのはこれが最初で最後だし」

「最後……？」

　豹変《ひょうへん》、という単語が脳裏に浮かぶ。絶句した融をよそに真向かいの席で頬杖をついた三橋の、見慣れたはずの笑みがふいに色を変えた。それきり彼は黙ってしまい、融も何を言えばいいのかわからなくなる。

「で？　前原さんとはどう決着した？」

　三橋が口を開いたのは、オーダーした料理が届いたあとだ。一緒に頼んだワインの色を確かめるようにグラスの中身を眺めながら、微妙に素っ気なく言う。

「昨日、仕事上がりに一緒に出たんだろ？　飲みに誘われたってとこまでは聞いたよ」

「それって西山さんに聞いたんですか。それとも前原さんから？」

　西山に訊かれたのが定時過ぎで、今は二十時三十分を回ったところだ。二時間半近く経ってはいるが、あの時間帯は全員書類に忙殺されているからそんな暇があるとは思えない。だったら前原から聞いた可能性が高い。

「飲みに行った件は西山経由だけど、昨日の段階でかなり注目はされてたからね。営業で知らないやつはいないと思うよ？」

「あー……」

昨日はどうだか知らないが、今朝と帰社後はその通りだ。西山が言う通り、相当目立っていたのだろう。

「二軒目は田阪が誘ったって聞いたけど、楽しかった？」

「はい。最初はその、叱られると思ったんですけど」

　ワイングラスを手にして婉然《えんぜん》と笑う三橋にテーブル越しに見つめられて、ひどく落ち着かない気分になる。それでも報告はしておこうと、融は簡単に昨日の昼休憩からの経緯を説明した。さすがに三橋関係で云々はぼやかしておいたが。

「どっちにしても、三橋さんのおかげだと思います。いろいろ助けてくださって、本当にありがとうございました」

「どういたしまして。――けど、前原さんと飲みか。いいねえ」

「だったら今度は三橋さんも一緒に行きませんか？　前原さんの都合次第になるとは思うんですけど」

　言ってから、この二人に融の仲介など必要ないはずと気がついた。野暮な真似をしたと、融は苦笑混じりに頭を掻く。

「余計なこと言ってすみません。おれがそんなことする必要もないですよね」

「……オレも一緒に、三人で？　冗談だろ」

　数秒置いて返った声に、ぎょっとした。ぱっと顔を上げるなり、笑顔のはずなのに笑っているように見えない三橋の刺すような視線にぶつかる。

「おまえが頼むのは勝手だけど、まず無駄だね。前原さんが応じるわけがない」

「そう、ですよね。おふたりだったら」

「営業に挨拶に来る前、非常階段で聞いてただろ？　オレはあの人にフラレてんの」

「！」

　そういえば別れ話だったと、思い出した。

「でも部内では親しそうにされてましたよね？」

「あの時、前原さんが個人的な連絡は受けつけないって言ったのは、仕事上は別だって意味なの。ついでに元指導役と新人ってことで、オレと前原さんは部内でも親しい方なんだよ。いきなり没交渉になったりして、変に勘ぐられても面倒だろ。だから表向き取り繕ってんだよ」

そう言う三橋の表情は融が知る柔らかいものではなく、剥き出しの刃物を連想させた。

思い返してみれば、昨夜の前原は三橋について意味深なことばかり口にしていた。それも最初に融を問いつめる時だけで、あとはほとんど話題にしなかった。

「前原さん、オレのこと何て言ってた？」

三橋の満面の笑みを、本気で怖いと思った。見慣れた表情のはずなのに、目の色と周囲の空気が別人のように違う。やけに酷薄で、突き放したような。

「何も言われてないってことはないよな。言いそうなところで見た目に騙されるなとか、警戒しておけとか？」

「そこまでは言われてない、です。……その」

――世話好きでもなければ、親切でもないし、優しくもない。むしろしたたかで計算高い。

目線の強さに負けてぼそぼそと答えた融に、三橋は嬉しそうに笑う。

「やっぱりよくわかってるな。だから好きなんだよね、あの人。もっとも万年片思いだけど」

「え？　でも恋人だったんじゃ」

咄嗟《とっさ》の疑問がそのまま言葉になって、三橋にじろりと睨《にら》まれた。

「だからフラレたんだよ。おまえ全部聞いてたんじゃないの」

「だけど、別れる別れないの話って、恋人同士が前提のはずだ……」

「変なところで細かいやつだね」

痴話喧嘩《ちわげんか》をしていた時点で片思いではあり得ないはずだ。混乱してきた融をよそに優雅にフォークを使いながら、三橋は呆れたように続ける。

「恋愛抜きでのつきあいも世の中にはあるだろ。セフレってやつ」

「……男同士で、ですか」

「男同士でも男女でも同じようなもんだろ。そこそこ好みの相手を見つけたら、一度試しに寝てみたいくらいは思うもんだし。本気で好きになった相手なら本能的に欲しくなるってわかんない？　まさかおまえまだ童貞？」

　露骨な言いようの、最後の台詞《せりふ》は図星で、顔が熱くなった。何を言えばいいかわからなくなって、融は途方に暮れてしまう。

　高校の頃から大学時代まで、それなりに彼女と呼ばれる存在はいた。けれど、その彼女たちはすぐ別の相手を見つけるか、長期休暇や学祭などの行事準備をきっかけに自然消滅するのが常で、本当の意味での恋人になったためしがないのだ。

「言っとくけど、口説いたのはオレの方だからな。顔見た瞬間に一目惚れして指導受けて惚れ直して、必死で声かけたんだよ。あの人、恋愛に興味はないっていうし、面倒だから本気で好きとか言うやつとは絶対つきあわない主義だし」

「恋愛に興味はない……ですか」

「そ。それでしつこく突っ込んで訊いてみたら今はセフレもいないって言うから立候補した。ＯＫ貰うまで結構長かったんだよなー……よく頑張ったと思うよ」

　懐《なつ》かしむように言う三橋の表情は、見覚えのある柔らかいものだ。それを見て、この顔もちゃんと三橋なのだとすとんと思う。

「黙っとくはずが魔が差して、ぽろっと本気だって言ったとたんに引導渡されて別れ話になったけどね」

「本気だと、駄目なんですか。どうしてですか？」

「さあ？　べたべたされるのが嫌いとか鬱陶《うっとう》しいとかだろ。あー、下手を打ったよなあ。黙ってりゃ当分あのままつきあえたのに」

　ため息が長くて深い。眉を寄せ目を眇《すが》めた三橋の表情は切なげで、何も言えなくなる。同時に、三橋が融にこんな話をする理由がわからなかった。

　個人的な恋愛事情を話す相手など、限られているはずだ。それが同性同士ともなれば、一朝一夕のつきあいしかない後輩に話す者などまずいない。強い視線を向けてくる「今の」三橋も融がよく知る「今までの」三橋も、そこまで軽々しいことはしないはずだ。

　無意識に息をひそめた融に気づいたのかどうか、三橋が視線を向けてくる。スイッチを切り替えたように、あの刃物めいた表情に変わった。

「だからってこのまま諦める気もないけどね。——そういうわけなんでおまえ、間違っても余計なことは言うなよ」

「余計なこと」

「オレが勝手に好きになって、一方的に追っかけてるんだ。前原さん本人には関係ない」

　つまり、非常階段で見聞きしたことは黙っていろというわけだ。自分はいいとしても、前原は巻き込むなと釘を刺している。

「……同じこと言うんですね」

　言いながら、自分の声が笑っているのに気がついた。

案の定、眉根を寄せた三橋にゆっくりと伝える。

「昨夜、前原さんからも言われました。三橋さんは関係ないから巻き込むなって」

　三橋の表情が、再び大きく変わる。睨むような目元が和らぎ頬の輪郭《りんかく》が優しくなって、きれいで柔らかい笑みを作る。

　本当に前原が好きなのだと、言葉以上に雄弁に伝わってきた。

　言葉もなく見とれていると、視線に気づいたのか三橋が瞬《またた》く。ふいと顔を逸らすと早口に言った。

「とにかく、それなりに助けてはやったんだ。言うほど感謝してるんだったら黙ってることくらいできるよな？　言いたきゃ好きにしていいけど、前原さんを煩《わずら》わせたらタダじゃすまないと思えよ。このご時世に、また就活したくないだろ？」

「はい」

「そういうことで、オレは帰る。支払いはすませておくから、おまえはおとなしくデザートでも待ってろ」

言うなり腰を上げた三橋の前の皿は、いつの間にか空になっていた。融はまだ三分の一近く残っている状態で、あれだけ喋《しゃべ》っていたのにと感心し、最後の言葉に慌てて顔を上げた。

「三橋さん、デザートは」

「甘いもんは好きじゃないんでね。おまえが二人前片づけな」

「でも、せっかくですし。それに、ここの支払いはおれがしますって、先に」

中腰になって声を上げると、きれいな動作で上着を羽織った三橋に作ったような笑みを向けられた。先ほどの話の間にも見た、いわゆる悪人顔だ。

「気にすんな。どうせこれが最初で最後だ。言うことは言ったし、もうおまえに用はない。社内で声かける必要もなくなったしな」

要するに、理由があったから融に構っていた、ということだ。そういえば昨夜、前原は確かにそれらしいことを言っていた。

本気ではなくセフレで、しかも別れた相手の言動を、そこまで読めるものなのか。おそらく、ここはさすがと言うべきなのだろう、けれども。

「だったら、今度はおれの方から声をかけてもいいですか？」

「はあ？　何でだよ」

半分背を向けていた三橋は、面倒そうに振り返って見下ろしてきた。

「おまえ、前原さんとは和解したんだろ。西山先輩とも親しいみたいだし、だったら、オレがおまえを構う理由もないよな」

「おれは、三橋さんともっと話したいです」

融の即答に、三橋は眉根を寄せる。それでもきれいだと傍目に思わせるのは容貌のせいだけでなく、立ち居振る舞いも整っているからだ。

「挨拶に来た早々に前原さんに緊張してたおれを助けてくれたのも、うまくいかなくて悩んでたのを聞いてくれたのも三橋さんです。正直、三橋さんがいなかったら昨日まで保《も》たなかったと思います。そのお礼もしたいですし、それがなくてもおれは三橋さんと話してると楽しいです」

「……それ、正気で言ってる？」

「百パーセント正気です。そのお礼の一環として、ここはおれに支払わせてほしいんです」

　躊躇《ためら》うことなく即答した融を、三橋は突っ立ったまままじろじろ眺めている。不可解そうな顔で息を吐いたかと思うと、椅子を引いてすとんと腰を下ろした。ちょうどそのタイミングで、コーヒーとデザートが運ばれてくる。

「三橋さん？」

「奢りだって言われたら先に帰るわけにいかないだろ。話しかけたいって言うなら好きにすれば。けど、こっちにつきあう義理はないからそのつもりで」

　そっぽを向いて言いながら、三橋がコーヒーにミルクを落とす。優雅な仕草でカップを口元に運ぶ間も、視線はよそを向いている。

「コーヒーは貰うけどデザートはやるから。それとおまえ、食べるの遅すぎ。早くしないとコーヒー冷めるよ」

「はい！　ありがとうございます」

　お礼を言ったら、ちらりと視線が飛んできた。呆れ顔の三橋がそれでもつきあってくれるのが嬉しくて、融はつい頬を緩めてしまう。いつか三橋と前原と三人で食事に行けたらいいのにと、願うように思った。

6

ランチタイムぎりぎりに滑り込んだ喫茶店は、店の前の駐車場こそ満車だったものの席はそれなりに空いていた。

どうせなら窓際がいいと意見が一致して、融《とおる》は前原《まえはら》と一緒に奥の席へ向かう。二人掛けテーブルについて、二人とも日替わりランチをオーダーした。

「結構難しいですね。ちょっとした高さや位置の違いで、人によって使えたり使えなかったりするのって」

「身長体重筋力に、腕のリーチや重心バランスも違うからな。弱っている状態で使う場合、少しのズレでも影響は大きい。度数の合わない眼鏡が役に立たないのと似たようなものだ」

「そっか、そういうことになるんですね」

納得して、融はつい先ほど訪問先の病院で目にした光景を思い出す。

病室のベッドで使う柵兼手摺りの購入希望があったため、要望に応じて複数種類を選んでいったら、その場で試してみることになったのだ。当然のように居残った前原と一緒に、実際の病室で、入院中の患者に使ってもらった。現場で使用する様子を見て、使用者の感想を聞いた上に看護師とリハビリスタッフの意見交換の場にも立ち会うことができた。

カタログを見て記憶するだけでは駄目だと、前原はたびたび口にする。展示室で現物を見るのはいいが、それでわかったつもりになるなとも言われた。

和解して一緒に動くようになって十日目の今だからこそ、その言葉の意味がよくわかる。

健康な人であっても男女差や大人と子どもで区別が必要なのだから、身体が弱っていたり思うように動けない事情があればなおさらそうに決まっている。

貴重な体験をしたと感謝しながら、融は運ばれてきたランチに箸をつける。一人前ずつトレイに置かれた、いわゆる和食膳だ。

「前原さんてすごいですね。知識もですけど、同じものを見てもおれとは全然視点が違う」

「当たり前だ。新人と同じだったら立場がない」

「そうなんですけど、全然敵わないっていうか。昨日行った移転予定の病院も、前原さんを指名したって課長から聞いてますし」

「もともと担当だっただけだ。いずれおまえにも機会はくる」

「だといいんですけど。……どのみち当分先の話ですよね」

　年数をこなせばいいわけじゃないはずだと、思いはしたが口には出さなかった。とはいえ、つい口から出た一音でバレてしまったらしく、真向かいで箸を使う相手から窘《たしな》めるような視線が飛んでくる。

「移転と増設でしたっけ。あの病院の担当、増やすんですよね？」

「その方が効率がいいからな。ひとりでこなすには件数が多い上に内容が煩雑《はんざつ》すぎて、ミスや見落としが出かねない」

　昨日訪問した総合病院が移転に伴う増設を決めて、新規の購入が多数出るらしいのだ。大型小型の医療用検査機械から手術用機器に加えて病棟で使用するもの、リハビリ関係から透析関連に通常の消耗品と、種類だけでなく数もかなりのものになる。

　そこに現在進行形で行っている通常診療に必要な発注まで加わるのだから、指導役つきの新人には想像もつかない煩雑さだ。それを涼しい顔でこなしている前原をすぐ傍で見ているだけに、そもそものレベルが違いすぎると承知していても自分の知識の足りなさが身に染《し》みた。

「……おれ、やっぱり営業は向いてない気がするんですよね」

　ぽそりと落ちた言葉は、泣き言という名の本音だ。多少営業らしい仕事はできるようになったものの、それも前原のフォローがあってこそだ。必死で説明するそばから、自分の言葉の足りなさや薄っぺらさに呆れてばかりいる。

「営業は嫌いか？」

「好き嫌いと向き不向きは別物だって言うじゃないですか」

「なるほど。そういう意味なら俺も営業には不向きだな」

え、と瞬《またた》いて、融は汁椀を持つ手を止めた。

「西山《にしやま》のように愛想がいいわけでもなく、口がうまいわけでもない。どちらかといえば周囲から敬遠される方だ。だが、それならそれで自分に向いた営業のやり方を探せばすむことだぞ」

「向いたやり方ですか？」

「社交的で話し上手であれば馴染みやすいだろうが、必ずしも信用してもらえるとは限らない。裏を返せば口下手でも愛想がなくても、その気で探せば方法は見つかるはずだ」

黙って見つめる視線に気づいているのかどうか、前原は美味しそうに魚の煮つけに箸をつけている。その目元が、わずかに笑ったように見えた。

「さっきのベッド柵じゃないが、俺のやり方が田阪《たさか》に合うとは限らない。そこに固執せず、自分に合った方法を探すことだ。三橋《みはし》を指導したのは俺だが、あいつのやり方は俺とはまるで違う。親しくしてるんだから、直接本人に訊いてみるといい」

「……親しくしてるって言ったら三橋さんに叱られます。あれはおれが勝手にくっついてるだけです」

本人曰く「最初で最後の」食事の翌日から、三橋は有言実行とばかりに融に目もくれなくなった。

すれ違うたびに声をかけてもらっていた頃を思えばあからさまな変化に、何も思わなかったといえば嘘になる。それでも融が声をかければ厭《いや》そうな顔をしながら振り返って相手をしてくれるし、通りすがりに的確な助言をくれたりする。

きつい物言いをされても悪意は感じない。こちらに向ける目が「仕方ない、放置できない」と言いたげに見えるから、融にはありがたいばかりだ。

「勝手にくっついたところで空振りに終わるのがせいぜいだ。見た目は社交的だが、ああ見えて簡単に他人を寄せつけない。挨拶の時に割って入った時点でおまえのことが気になっていたんじゃないのか」

「はあ」

　それは融本人が云々ではなく、例の非常階段絡みに違いないのだが。思いはしても口には出さず、融は箸を置いた。ほぼ同時に食事をすませた前原が、近くの店員に「食後のコーヒーを」と声をかける。

　最近になって気づいたことだけれど、どうやら前原の方は三橋が非常階段のあれを融が見ていたことに気づいているのを知らないらしい。三橋が前原に伝えていないのはおそらく個人的云々が絡んでのことと思われる。

　あの時の三橋は、終始融に背を向けていた。それで背後に気づけというのは無理に決まっていて、にもかかわらずどうやってしっかり認識したのかは融にとって大きな謎だ。

「そうですね。機会があったら訊いてみます」

「明日、歓迎会があるだろう。どうせ無礼講だ、気にせず行ってみろ」

「そうします。けど、明日って土曜日ですよね。せっかくの休みなのに、いいんでしょうか」

　配属から新人歓迎会まで少々間が空くのは営業部での不文律なのだそうだ。直後は忙しさに振り回されるはずだから、ある程度慣れた頃にということらしい。

「週日だと終業時間がばらつく。その点、土曜なら一斉に始められるし、翌日二日酔いで動けなくても仕事に支障がない」

「動けなくなるまで飲むとか言います?」

「そういう人間も中にはいる。が、無理に飲ませることはしないな。課長が昔、それでひどい目に遭ったらしい」

「まじですか。課長って酒豪っぽい気がしますけど」

見た目ではなく、食の好みがそのものなのだ。甘いものが嫌いでからいもの好きで、好きな食べ物の話ではつまみばかり挙げていた。

「弱いな。一緒に飲むと必ず狡いと絡まれる」

「それって前原さんが強いからですよね」

　運ばれてきた熱いコーヒーを吹き冷ましながら、一緒に食事をした時の三橋の言葉を思い出した。

（恋愛に興味はないっていうし、面倒だから本気で好きとか言うやつとは絶対つきあわない主義だし）

　どうしてそうなんだろうと、ふいに思った。

　和解以来十日ほど行動をともにしてわかったことだが、前原はとても面倒見がいい。医療機器関係にはまるで素人《しろうと》の融の疑問に丁寧に答えてくれるし、的確な資料も教えてくれる。指導時の言い方はきつめだが内容は納得できるものだし、叱責する時は必ず何が問題なのかを教えてくれる。

　仕事仲間と恋人は別だとしても、対人関係であることに変わりはないはずだ。融は前原のことをよく知っているとは言えないけれど、どう曲解してもこの人が相手を粗略に扱う人だとは思えない。

　とっつきにくく怖そうに見えるにしても、結構な男前なのだ。そのうえ仕事もできるとなれば、引く手数多でもおかしくない気が――。

「……あれ？」

　前原に続いて席を立ち、レジをすませて喫茶店を出る。少し離れた第二駐車場へと向かいながらつらつら考えていると、胸の奥がちくりとした。

　一瞬で消えたその感覚に、融は戸惑う。その時、横合いから「田阪？」と名を呼ばれた。

　反射的に目を向けて、困惑した。

「やっぱり田阪だ。久しぶりだなあ、元気にしてた？」

「……見た通り、それなりだけど」

「そうかあ。いや、いきなり辞めてそれきりだったから、ずっと気になってたんだ」

　にこやかに、親しげに言う相手は、前の職場の同期だ。出身大学は違うが一緒に入社式に出て、新人研修に参加したのちに揃って営業に配属された。

その後そこそこ親しくしていたが、退職前には同じ課内にいてもろくに口を利《き》かなくなった。避けられていたとはっきり言ってもいい。当然のように送別会はなかったし、退職時の挨拶もしなかった。今の融の認識では、過去の知り合い以下だ。

「悪いけど仕事中だから」

「待ってくれよ。せっかくだし話があるんだって」

お義理の笑みでそう言って歩きだしたとたん、目の前に回り込まれた。鬱陶《うっとう》しさを堪《こら》えて当惑の表情を作ったタイミングで、前原の怪訝そうな声がする。

「田阪？　知り合いか」

「前の職場の同僚なんです。でも、これといって用件もありませんので」

わずかに低くなった声をどう思ったのか、前原がシルバーフレームの奥で目を見開く。そこに、弱り切った声が割って入った。

「そう言わず、ちょっとだけつきあってくれよ。三分でいいからさ」

「だから無理だって。そっちも仕事中だろ？」

関わりたくないのは山々だけれど、あとを引くのはもっと面倒だ。それに、前原の前でゴタつきたくなかった。

「田阪。先に行ってるぞ」

「えっ」

それなのに、前原は気を回してくれたらしい。ぎょっとして目をやった時にはすでに、広い背中は大股で離れ始めていた。

振り切ってついていきたいのが本音だが、それをしたら元同僚についてこられそうだ。それだけは避けたくて、融は目の前の男に向き直る。

「で、何の用かな。仕事中なんで、手短に頼みたいんだけど」

「そこまで言わなくてもいいだろ。こっちだって心配してたんだぞ？」

「それとこれとは話が別だろ。先輩を待たせていいわけないんだし」

少なくとも、前の職場でそれをやったら嫌味に加えて雑用をこんもり押しつけられた。そのニュアンスを加えて言うと、さすがに元同僚にも思うところがあったらしい。

そうして始まった会話と言えば、融の再就職先や仕事内容、それに前原への詮索だ。教える必要なしとばかりに、すべて曖昧《あいまい》な返事でやり過ごした。

肝心のことを言わず、それでもそこそこ愛想よくしたおかげか、元同僚はそれなりに満足したらしい。腕時計を見ると、「うわ、まずい行かなきゃ」などと今さらなことを口にした。

「悪いけど、アポあるから俺行くな。そうだ田阪、おまえ携帯変えて引っ越したろ。せめて連絡先だけでも教えろよ」

融としてはもう二度と会う気はないので、返事はせずに笑顔だけ返しておく。元同僚が手を振って第二駐車場の方角に向かうのを見送って、ようやく長いため息をついた。

前原とは、そのあと合流した。私用で時間を取った詫びと便宜を図ってもらった礼を口にした融に、前原は鷹揚《おうよう》に頷いただけで、何も訊かなかった。

安心するのと同時に申し訳なさに奮起したせいか、その日融はいつもより少しだけ早く自宅アパートに帰ることができた。

変に疲れていたから、自炊ではなくスーパーの弁当で夕飯にした。レンジで温める時に横着したせいでなまぬるくなった漬け物を齧《かじ》りながら、つい出たため息を自分でも鬱陶しいと思う。

向こうは食料品で、こちらは医療機器だ。多少営業範囲が被ったところでまず顔を合わせることはない。運悪く出くわしても無視すればいいし、それ以前に向こうから避けるに違いない。そんなふうに思っていただけに、あの行動は予想外だった。

「……やめやめ」

不愉快な記憶は流してしまおうと、食事を終えると浴室に向かう。シャワーを浴びて、すぐに寝てしまうつもりだった。

　夢を見ていると、自分でもわかった。

（融くん、久しぶりー）

　見覚えのある明るい笑顔を向けてきた女の子は、最後に会った一年前よりきれいになっていた。なのにどこか頼りない瞳はそのままで、懐かしく思った。

（え、何でここにいるの？）

　彼女は確か、別の会社に就職したはずだ。それが、どうして融の職場である食品会社の制服姿で、支店の受付にいるのか。

　融の疑問を察したのか、彼女は少しばつの悪そうな顔になった。

（今日から派遣でここに勤めることになったの。よろしくね？）

　勤務中だったこともあって、「そうなんだ」と返してその場で別れた。階段を使って二階に向かいながら、複雑な気持ちになった。

　大学生だった頃、彼女は融の恋人だった――正確には周囲から恋人だと思われていた時期があった。互いにはっきり告白することなく、就職後三か月で自然消滅したことを思えば後者が正しかったのだろう。

（融くん、夕飯一緒に食べに行かない？）

　屈託なくそう声をかけてきた彼女と連れだって仕事上がりに食事に行くようになるまでに、さほど時間はかからなかった。やがて休日に一緒に遊びに出かけるようになり、一か月後には一人暮らしの融の部屋に食事を作ってあげると訪ねてくるようにもなった。

　それでも、融の中での彼女の扱いは、友人以上恋人未満のままだった。気が優しく流されやすい彼女の悩みや愚痴を聞き、相談に乗って慰める。遊びにつきあい、一緒になって笑う。大学の頃と似たやりとりをしながら、当時はたまに交わしていた触れるだけのキスはいっさい求めなかった。

　どうせ長続きしないと、以前の経験で知っていたからだ。加えて融自身が、そうしたつきあい方に慣れてもいた。

　一緒にいると楽しい、安心する、守ってもらって嬉しい。そう言いながら近づいてきた女の子たちは、例外なく別の言葉を残すか、あるいは黙って融から離れていくのだ。曰く、物足りない、退屈、つまらない。決定打は、他に好きな人ができた。

　最初から女友達だと決めておけば、いつ離れたところで気にすることもない。そんな意識しかなかった融と彼女が業務時間中に顔を合わせることは滅多になく、それだから最初の変化の原因が彼女だということにも長く気づかなかった。

　——営業で、新人の頃の融を指導してくれた先輩からの当たりが急にきつくなった。もともと気分屋で態度が変わりやすい人だとは知っていたけれど、露骨に険しい目を向けてくるようになったのだ。それと同時期に、彼女に泣きながら懇願された。

　営業の人にしつこく声をかけられて困っている、助けてほしい、と。

　相手の名前も知らないという彼女に、まずそれが誰かを確かめるように言った。融の助言通り相手の名前を聞き出した彼女は、その時、相手に向かって自分には融がいるからと口走ってしまったのだ。

　その相手は件《くだん》の融の指導役であり、シルバーフレームの眼鏡をかけていた。


「最低……ってここ、どこだ。あ、うちか。あの会社、辞めたんだよな？」

　どっぷり夢に沈んでいたらしく、翌朝目覚めるなり見えた自室に違和感を覚えた。ここはどこだと眉を顰《ひそ》めたあとで、自分が退職し、二度ほど引っ越したのを思い出した。

「今日は……仕事だっけ？」

ベッドの上で、枕に顔を埋《うず》めたまま手探りでスマートフォンを探す。日付を確認して手帳を開いてみると、今日は休日だが夕方から営業の新人歓迎会が入っている。一応主賓扱いなので、欠席するわけにはいかない。

頭を振って起き出すと、シーツを引っ剝がして洗濯機を回した。昨夜散らかしていた部屋を簡単に片づけながら、重いものが頭上から肩にかけてのしかかってくるような気がした。

ここしばらくすっかり忘れていたものを、昨日の再会がものの見事に掘り起こしてくれたようだ。

「あー、やめやめ。もう関係ないしっ」

退職後に二度も引っ越す羽目になったのは、最初の引っ越し先が漏れたからだ。会社の同期はもちろん先輩や上司にも、彼女にも知らせずに携帯電話を解約したのに、新しい引っ越し先の片づけが終わらないうちに新規契約したばかりの携帯電話に連絡がきた。

大学時代の友人から、ナンバーが漏れたのだ。まさか住所まで知られているとは思いもせず部屋でのんびりしていたら、いきなり彼女が玄関前までやってきた。居留守を決め込んで玄関ドア越しの泣き声を聞いていたら、友人つながりでここが知れたと判明した。

話をする気もなかったから居留守でやり過ごして、即座に次の引っ越し先を探した。二度目の引っ越し先になるここに移った日に再び携帯電話を解約し、今度は新規でスマートフォンを買った。前回の教訓を生かして、新しい連絡先や住所は実家と故郷の友人にしか知らせていない。

大学時代の友人たちとはそれきり縁が切れたけれど、また彼女に漏れることを思えばその方がずっといい。実際、ここに移ってからはとても平和な毎日だ。たとえ、馬鹿話をする相手がいなくなったとしても。

買い置きのパンを焼き、ベーコンエッグとコーヒーで朝食にする。食べ終えると先ほどの洗濯物を干しながら、前の職場にいた頃の道化としか言いようのなかった自分の状況を思い出した。

彼女に助けてほしいと縋《すが》られたから、できる範囲で間に入った。いつまでも庇い切れないのは明らかだったから、彼女に自分でもきちんと断るように促した。やつあたりで仕事を押しつけてくる先輩にも丁重に応じたし、ミスをなすりつけられた時は自分がしたのではないと主張した上で後処理もした。

それでも先輩は関係ないのに余計な真似をするなと咎《とが》めてきたし、彼女には「どうして助けてくれないの」と泣かれた。徹夜で必死に作った書類の作成者は先輩ということにされ、ミスは周囲の助言を無視した融の自業自得だと言われた。

何より信じられなかったのは、いつの間にか周囲から「先輩と彼女は相愛なのに、融が彼女を脅《おど》して言いなりにすることで邪魔している」と認識されていたことだ。

それからは、泥沼だった。親しかった同期には避けられ面倒な書類処理を押しつけられ、ミスがあった時だけ融が呼ばれて叱責される。精神的に追いつめられ自分の仕事ですらミスを出すようになり、たびたび上司に呼ばれて注意を受けた。そのたび割り切って諦《あきら》めることで凌《しの》いでいたけれど、最後の頃はシルバーフレームの眼鏡を目にしただけで呼吸が詰まるようになっていた。

とどめを刺したのは、彼女だ。融を避けて電話にもメールにも応じなくなっていたはずなのにいきなり呼び出され、信じられないことを聞かされた。

あのシルバーフレームの眼鏡の先輩と、つきあうことにしたのだと。

何だそれ、と思った。頭の中が真っ白になって、それこそ何も考えられなくなった。そのあとは、これで状況が収まるならと考えた。

けれど、そうはいかなかったのだ。噂はさらに変形し捏造《ねつぞう》されて、融の暴力に泣かされていた彼女を先輩が身を挺《てい》して庇って助けたことになっていたのだ。

あまりのことに、笑うしかなくなった。自分で自分がおかしくなりかけているのがわかって、突発的に辞表を出した――。

「実際、おかしくなってたんだろうな……前原さんとあいつを混同するとか、ないだろ」

　自分のつぶやきを聞いて、またしても余計なことを考えていたのに気づく。

　どうやら、家事では気が紛れてくれないらしい。目を向けた時計の時刻が昼前なのを確かめて、出かけてしまうことに決めた。

　歓迎会までは時間が有り余っていたから、久しぶりに映画を観た。

　趣味とまでは言わないが、興味があればそれなりに観に行く方だ。自宅のテレビで観るのと大画面とでは、迫力も伝わってくるものも違う。

　そこそこ満足して映画館を出ると、目についた書店に足を向けた。好きな作家の新刊本を数冊手に取って、ぶらぶらと平台を見て歩く。その途中、思いがけなく見知った人影を見つけた。

　壁際の書棚に向かって立つすっきり伸びた背中は、いつものスーツではなく軽そうなジャケットを羽織っている。ほんのわずかに見える横顔は、間違いなく前原だ。

　どういうわけか、ひどくほっとした。偶然にしてもすごすぎると思ってから、歓迎会の会場がこの近くだと気がついた。まだ時刻は早いけれど、ついでに本を見るつもりで出てきたのだろう。

　歓迎会は仕事のうちでも、今はプライベートだ。気づかれてもいないようだし邪魔はするまいと、融はそろりと方向転換する。文庫本コーナーで新刊を眺めて回っているうちに、ずいぶん前に手放した本をもう一度読みたくなった。探すつもりで書棚の表示を確認しながら移動し、目的の棚の前に立って背表紙を眺めていく。その途中、背後に人の気配を感じた。

　ぽんと頭上に重みが乗る。その感触に覚えがあって、融ははじかれたように振り返った。

「前原さん？　どうしたんですか？」

「さっき、そこで見てただろう。声くらいかけていけ」

「邪魔しない方がいいかと思ったんですよ。わざわざ早く出てこられたんでしょうし」

「なるほど」と頷く前原の、シルバーフレームの眼鏡を久しぶりに意識する。「全然似てない」と再認識しながら、ぶつかった視線を逸らせなくなった。

　無言の睨《にら》めっこも、そういえば久しぶりだ。今の前原はどこか物言いたげで、言葉を選んでいるように見えた。

「――どうかしたのか」

「はい？」

　問いの意味がわからず、融は前原を見上げる。その様子を眺めて、前原はおもむろに言った。

「まだ時間には早い。ちょっとつきあえ」

　何もかも、見透かされているような気がして仕方がない。

7

「お、田阪《たさか》じゃん。早いなー。前原《まえはら》さんと一緒だったけど、待ち合わせてきたのか？」

　歓迎会の会場になっている居酒屋の、従業員に教わった座敷の手前で靴を脱いでいたら、聞き覚えのある声がした。

「西山《にしやま》さんこそ早いですね。どこから見てたんです？」

「俺、うちの宴会部長だし。ちなみに駐車場から見てた。男前と可愛いのが睦《むつ》まじく歩いてんなーと思ったら前原さんと田阪だった」

　へろっと返した西山も、今日はスーツでなくカットソーにジーンズというラフな格好だ。前原の時にも思ったが、スーツ姿しか知らなかったせいかやたら新鮮だった。

「手前の本屋で偶然会ったんです。行き先も同じだから別々に来る理由もないかなと」

「ふーん。そっからして破格の扱いだな。あ、田阪の席は床《とこ》の間《ま》がある向こうな。主賓らしくおとなしく飾られてるように。前原さんは手洗いか？」

「電話です。すませてくるって」

そっか、と返した西山に促されて、融《とおる》は指定された床の間の前へと向かう。三分の一ほど席を埋めた営業部の面々も私服で、中には誰なのかすぐにわからない人もいた。その全員に挨拶をして、席につく。

（ちょっとつきあえ）

書店での前原からの誘いは唐突すぎて驚いたけれど、素直に頷いた。ひとりで書店の中をうろつくより、前原と一緒にいた方がいいと思ったからだ。

前原が知っている珈琲店《コーヒーてん》が書店を出てすぐの場所にあるとかで、それぞれ会計をすませてそちらへ向かった。胃が重かったから融はアイスティーに決め、前原はブレンドとコーヒーゼリーをオーダーした。

意外に思い、どんな顔で食べるんだろうと好奇心を募らせていたら、運ばれてきた珈琲ゼリーは前原の指示でなぜか融の前に置かれた。

呆気に取られていたら、ブラックのままカップを手にした前原に「糖分補給しろ」と言われたのだ。

（その顔。少し直しておけ）

（……そんなに変な顔してます？）

ぽろりと口走ったら、低い声が返ってきた。

（人に見せたいというなら、止めないが）

（大丈夫だと思うんですけど）

へらりと返しながら、どうしてこの人にわかってしまったんだろうといきなり泣きたくなった。

顔を隠すように俯《うつむ》いて、アイスクリームごとスプーンで掬《すく》ったゼリーを口に入れた。苦みの中のほのかな甘みに、ほんの少し頬が緩む。これなら甘いものが苦手な三橋《みはし》でも食べられそうだと思い、そんな自分に笑えてきた――。

「田阪。悪かった、荷物を」

「あ、はい！　前原さんのはこっちです」

　ふいにかかった声に顔を上げると、前原がすぐ横にいた。預かっていた書店の袋を差し出すと、無造作に受け取って融の隣の座布団に腰を下ろす。

　――確か、飲み会での前原の席は課長の隣と決まっているのではなかったか。

「前原さん、いいんですか。いつもの指定席は」

「幹事の指示だ。今回は例外らしいな。課長なら放っておいても来られるだろうから気にしなくていい」

「はは……」

　どうやら西山が気を利《き》かせてくれたらしい。嬉しさにしまりなく笑っていたら、前原に胡乱《うろん》そうな目を向けられてしまった。

　じきに始まった歓迎会は予想以上に賑やかで、主賓の融は見事に肴《さかな》にされた。

　乾杯後、最初に前原と反対隣の先輩にビールを注いだあとは、ビール瓶とグラスを片手に全部の席を回っていった。途中捕まった三橋に助言通り営業のやり方を聞いてみたら、露骨に厭《いや》そうな顔をされた。

「そんなの自分で考えれば。それより何で前原さんがおまえの横に座ってんだよ。おかしいだろ」

　予想通りの反応につい苦笑すると、今度ははっきり睨《にら》まれた。本当に前原が好きなんだなと実感しながら次の席へと回っていったら、そこでも似たようなことを訊かれた。

　曰く、前原とどうやって親しくなったのか、と。

　ざっと座敷を一巡りしてわかったことだが、部内では「融が前原に懐《なつ》いている」とセットで、「前原が融を気に入っている」と認識されているらしい。

（あんなに世話好きな人だとは思ってなかったぞ）

（っていうか営業ロボットはどこ行った。ちゃんと血肉があるとは意外すぎる）

　そう言われても、融が知る前原はひとりだけだ。真正面からぶつかっていけばいいんじゃないかと思ったものの、何となく言いたくなくて、結局曖昧《あいまい》にすませてしまった。

「まあさー、田阪も顔つきずいぶん変わったもんな」

「顔ですか」

　席に戻ると隣の前原は外していて、代わりのつもりか西山が待ちかまえていた。融が持つグラスにどぼどぼとビールを足しながら、しみじみと融の顔を覗き込んでくる。

「んー、挨拶に来た時はさ、覇気もないし表情もない、モヤシみたいなやつだと思ったんだよな。ちょっと放っとくと溶けて消えそうな感じでさ。実際んとこ、仕事が始まってから声かけても暗いなあと思ったくらいだし」

「あー……はははは」

「最初の頃なんか、いつ見ても緊張で顔が固まってたもんなあ。今だから言うけどさ、前原さんもデフォルトで表情薄いだろ？　陰でこっそり能面コンビとか呼ばれてたりしてたぞ」

　心当たりは山ほどあるが、そこまではっきり言われると笑うしかない。

　本格的に話し込むつもりなのか、西山はどっかりと前原の席に座り込んでいる。ちらりと視線をやると、前原がやや離れた課長の隣で話し込んでいた。

「けど、いい顔するようになったよな。よく笑うようになったし、ほとんど別人ってか」

「いろいろご面倒をおかけしてしまってすみません。あと、能面の時も声かけてもらって嬉しかったです。ありがとうございました」

　座ったままで、西山に頭を下げる。そうしながら、ここは前の職場とは違うのだと実感した。

「いやいやどういたしまして。俺はほとんど何もしてないし。ところでおまえ、三橋とも親しいの？」

「親しいとは言えないと思います。最初の頃にいろいろ助けてもらったんで、おれが勝手に懐いてるだけで」

　略してさらっと答えたら、西山はとても複雑怪奇な顔をした。目の前の融と、離れた先で料理を食べている三橋の間で視線を三往復させてから、おもむろに言う。

「懐いてんのか。……おまえの方が？」

「はい。三橋さんも、何のかんの言って優しいですよね」

「――すげえ珍回答だな。あいつを優しいとか言ったやつ、初めて見たぞ。こう言っちゃなんだが、おまえ外面に騙《だま》されてない？」

　何でも三橋の外面は素晴らしく優秀で、担当先からは「きれいで優しい行き届いた優秀な人」と評されているそうだ。ちなみに部内では、取り扱い注意の危険物扱いなのだという。

「仕事関係では頼りになるんだが、つきあいとなると前原さん以上にガードがきついんだよなー。下手に踏み込めない雰囲気うまく作るし、頑張って踏み込むと返り討ちに遭うし。そういやおまえ、社内に親しいやつとかいる？」

「いないです。今はほとんど他部署と関係ないですし」

　西山の声のニュアンスで友達という意味だと察して、融は苦笑する。

　入社直後から配属後も当分の間、能面をやっていたのだ。周囲全部を警戒していた上、友人を作る気がいっさいなかった。

「いやいや、友達忘れたら駄目だろー。すげえ心配してたぞ？」

「そうそう。ずっと気にしてたわよ？　何かっていうと田阪くんのこと訊かれたし」

「は？」

　アシスタントの女性社員にまで言われて、いったい誰の話だと思った。そこで、西山が出入り口に向かって「おーい入っていいぞー」と声を張る。

「部署も違うし、なかなか会えないってしょげてたから声かけたんだ。おまえもさ、せめて携帯ナンバーやアドレスくらい交換してやれよ」

少し窘《たしな》めるような西山の言葉は、そのまま耳を素通りした。

開いた引き戸から入ってきたのは、同期入社の東野《ひがしの》だ。何とも言えない気分になった融をよそに、東野は部内の面々と挨拶や軽口を交わしながら近づいてくる。

聞こえてきた話によると、東野は事務処理の連絡役として配属後間もない頃から営業に出入りしていたらしい。日中、課内で電話番と事務をこなしている女性アシスタントはもちろん、外回りに出る社員の大半とも顔見知りになっていて、本人が営業に来たがっていることも知られているようだ。

「よ。久しぶり、元気だった？」

親しいアピールのつもりか、東野は完全なタメ語だ。にこにこと愛想よく笑いながら、目だけが醒めている。

顔を合わせるのは配属が決まって以来だが、言いたいことは「どういうつもりだ」の一言だけだ。けれど西山や女性アシスタントの微笑ましげな表情を見れば悪意がないのは明らかで、融は仕方なく笑みを作る。

「……まあまあかな。そっちは？」

「そこそこ。けどいいよなあ、営業の飲み会って楽しそう」

「おー。だったらしっかり飲んで行きな。おまえも新人だし、主賓にしてやっから」

けらけら笑いながら東野の背中をどやしつけた西山は、ありがたくないことに融の隣に座るよう東野を促した。ビールを用意してしばらく話し込んでから、「せっかくだし、ゆっくり話していきな」と言って移動してしまう。

その場に残ったのは融と東野だけだ。とても寒い空気に、ありがた迷惑という言葉を心底噛みしめることになった。

「前原さんに指導してもらってるんだってな」

「そうだけど」

「おかしいよな。何でそこにいるのがオレじゃなくてあんたなんだか」

満面の笑みで親しげな素振りとともに、そんな台詞《せりふ》を低く唸《うな》るように言えるのは一種の特技ではあるまいか。内心で感心したものの相手をする気になれず、融は無言でグラスを傾ける。

「余計なことして足引っ張るなよ。おまえなんかの指導にはもったいないくらい、特別な人なんだからな」

「……——」

「あ、でも足引っ張るほど営業にはいないかもね。あんたよりオレの方が絶対好かれるはずだし？」

　何を言われても反応しないのが気に入らないらしく、さんざん嫌味を言ったあげく捨て台詞を残して東野は席を立った。向かった場所にいたのは西山だがそこはもともと課長の席だったようで、隣には前原の姿も見えている。

　人懐っこい笑顔で話題に入った東野を、どうやら皆は受け入れているようだ。融が挨拶程度しか交わさない社員とも軽口で笑っているあたり、順応性の早さにつくづく感心する。実際、融よりも東野の方が取引先ともうまくやれそうだ。

「飲みすぎたのか。気分は？」

「いえ、平気です……あれ？　前原さん？」

　席でぼうっとしていた気がするが、ほんのわずかな間だったはずだ。かかった声に目を向けると、前原が隣に腰を下ろそうとしていた。

「課長のとこ、いなくていいんですか」

「まともにつきあってるときりがないからな」

　シルバーフレームをうまく避けて、前原は眉間に指を当てている。うんざりしたような表情はともかく愚痴らしきものを聞いたのは初めてで、何だか得をした気分になってしまう。

　だからこそ、何げなく目を向けた課長がいる方からこちらに近づいてくる東野を見つけて、気が重くなった。先ほどの発言を思い返すまでもなく、目当ては前原に決まっているからだ。

「前原さん、何でいなくなっちゃうんですかー？　まだ俺の酒飲んでもらってないのに」

　一直線にやってきた東野は親しげな口調で前原の横、

融がいるのとは反対側に腰を下ろした。持っていたビール瓶を傾けて、グラスを出すよう催促している。

　満面の笑みを浮かべた東野を、前原は胡散臭そうに見返した。

「……誰だ？　営業部員じゃないだろう」

「総務の東野っていいます。こないだから営業部に出入りさせてもらってたんですけど、タイミング合わなくて前原さんとは初めてです。よろしくお願いしますっ」

　快活に言って、東野はちらりと融を見た。

　含みのある顔つきに、無意識に身構えていた。そんな融をよそに、東野は言う。

「田阪さんとは同期入社で、実は就活の時から営業希望だったんですけど、何でか配属してもらえなかったんですよ。変ですよねえ、田阪さんなんか営業だけは厭だってさんざん言ってたんですよ？」

　いきなり落ちた静寂に気づかないはずはないのに、東野はにこやかに続ける。

「上が決めたことだからどんなに不本意でも仕方がないって、田阪さんとさんざん愚痴を言い合ったんですよ。営業向きじゃないって田阪さんも言ってたのに、大変ですよねえ」

　――なぜ今、ここでそれを言うのか。それも、ありもしないことを脚色してまで。

　空白になった頭のすみで思ったものの、口も身体も動かなかった。黙っているのは隣の前原も同じで、けれど東野に顔を向けているためどんな表情をしているかは融にはわからない。ただ、そこかしこで談笑していた社員たちが訝しげに、あるいは不快そうにこちらを見ているのには気がついた。

「前原さんも大変ですね。でも田阪さん、すごい頑張ってるんだと思うんで、気長に見てもらえると嬉しいです」

　東野の表情も口調も、融に同情したふうに沈痛なものに変わっている。西山の言い分ではないが、それこそ親しい相手を案じるような。

空気の流れが、変わった気がした。それなりに頑張って何とかやれていたはずの前の職場で目に見えない何かが大きくズレていく直前の、気がついた時にはやんわりと、けれど容赦なく排除されていた、あの時と同じような。

「それで？」

静寂を破った声の響きはいつになく低く、滅多にないほど冷ややかだった。息を呑んで、融はすぐ隣にいるその声の主――前原の、肩から背中のラインを見つめる。

「それでって、……だから友達ですんで、田阪さんのことをよろしくって――」

「自分が営業向きじゃないと悩んでいることなら、田阪本人から聞いている。だが真面目にやるべきことはやっているし、自分なりの努力も重ねている。それを外野からどうこう言われる筋合いはない」

「努力って、田阪さんってつんけんしてて愛想悪いじゃないですか。それに、営業に行きたくないって言ったのは本人で」

言い返す東野の声が、動揺したように震えていた。融の位置から見える目元が、苛立ちと怯《おび》えの両方を含んでいる。表情は相変わらずわからないが、前原の声はいつになく尖《とが》って聞こえた。

「俺も、行きたくないと思いながら配属された人間だが？　今でも向いているとは思わないしな」

前原の声が、より険を帯びる。

「きみは何が言いたくてここに来た。親しくしている人間が心配だからと、わざわざ他人の前で貶《おとし》めるのか？」

周囲の空気が一気に冷える。社員たちの視線はすでに融ではなく、前原にだけ向いていた。

そこで、様子を見ていた西山が動いた。足音を立てず傍に来たかと思うと前原に短く断りを入れ、東野を引っ張って座敷から出ていく。引き戸が閉じる音がはっきりと響いた。

固まったままの空気の中、前原がゆるりと振り返る。

身動きが取れない融は、真っ正面からその視線を受け止めることになった。

「向き不向きに囚われるなと昨日言ったが、他人の言うことを鵜呑《うの》みにもするな。人事には人事の思惑があって配属を決めたはずだ。無意味に悩む暇があれば、今、自分がすべきことに集中しろ」

「……はい。ありがとうございます」

告げられた言葉がありがたくて、考える前に頭が下がっていた。直後、その頭の上にぽんと馴染んだ重みが乗る。

宥《なだ》めるように撫でられて、ずっと胸にあったわだかまりがするりとほどけていったような気がした。そのままリズムをつけるように軽く頭を叩かれて、融は顔を上げる。またしても正面から前原と顔を合わせて、硬直した。

表情が薄いながら、少しずつ表情を見せてくれるようになってはいた。当初は呆れしかなかった目元が面白がるように笑っていたり、誉めるように緩むのも何度か目にした。

けれど、今の前原は初めて見るような優しい顔をしていたのだ。

「おーい、酒。追加頼むー」

どこかからかかった声で、融は我に返る。前原の表情は見慣れたものに戻っていて、少し怪訝そうに融を見ていた。

かあっと、顔が熱くなった。慌てて、融はもう一度頭を下げる。

「おれ、頑張ります。よろしくお願いしますっ」

「いや、田阪は十分頑張ってるし。これ以上無理しなくていいって。ですよねえ?」

横から聞こえた声は西山のものだ。いつ戻ってきたのか前原の向こう側にいて、耳元で何やら囁《ささや》いている。周囲にも数分前と同じ、和やかな賑わいが戻ってきていた。

「おい前原、こっち来てつきあえー」

「……またですか」

　少々怪しい歩き方でやってきた課長は首まで真っ赤で、わかりやすく前原にまっしぐらだ。露骨に厭《いや》がっている前原の態度にめげるどころか、にやりと笑って言う。

「今後月イチでつきあうんならここで打ち止めにしてやるが？」

「今、ここでおつきあいさせていただきましょう」

　とても深いため息とともに腰を上げた前原が、上機嫌な課長に引っぱられていく。それを半分感心して、残り半分は同情しながら見送った。それとほぼ入れ替わりに、女性アシスタントが飲み物の追加オーダーを聞きにやってくる。

「だったらウーロン茶をお願いしていいでしょうか」

「構わないけど、もうお酒はおしまい？　ビールやチューハイだけじゃなく、日本酒とか水割りにカクテルもあるけど」

「容量超えて飲むとひどい二日酔いになるんでセーブしてるんです。もともと、そんなに強いわけでもないですし」

「そっかー。覚えておくね。あと、ごめんね？　まさか、あんなこと考えてるとは思ってなくて」

　にこやかな笑みのあと、本当に申し訳なさそうに謝られた。唐突さに首を傾《かし》げた融に、彼女は悄然《しょうぜん》と言う。

「東野くんのこと。部署が違うんでまともに会えないし、見かけた時も疲れてるみたいだってすごく心配してたから、てっきり友達なんだとばかり思ってて」

「できれば会って話したい、どうせなら驚かせたいから内緒で呼んでほしいって頼まれたんだよ。課内の連中も半分以上は喋《しゃべ》ったことあったし、田阪が残業続きだっていうのも知ってたからさ」

　続けてそう言ったのは、西山だ。後悔と大書したような顔で、「ごめんな」と頭を下げる。

「人当たりのいいやつだとばかり思ってたし、さっきもふつうに話してたからさ……言い訳にもならないけど」

　本当にすまなそうに謝られて、融は首を横に振った。

「気にしないでください。研修中に迂闊《うかつ》なことを言ったのはおれですし、不愉快に思われても仕方がないのもわかってますから」

「あー……けどさ、自分が営業向きじゃないと思ってたら確かに行きたくはないよな。ていうかさ、もしかして田阪とあいつってろくにつきあいがなかったりする？」

　思いついたように西山に訊かれて、融は苦笑する。

「研修期間中で、お互いに気が合わないのは自覚してましたから。配属されたあとは全然」

「まじか。先に田阪に確認取るべきだったよなあ」

「いや、元はといえばおれが」

「じゃなくてさ、俺って毎回何か足りないってかポカやるんだよなあ」

「……何をやってるんだ？」

　頭を抱えた西山と謝罪合戦になりかけたところで、前原が席に戻ってくる。よほど不思議な光景だったのか、揃って見下ろされてどちらからともなく苦笑した。そこにすっかりできあがった赤ら顔の課長まで乱入したことで、話は立ち消えになった。

　次に東野の話を蒸し返されたのは、そろそろお開きという頃だ。手洗いをすませた融が居酒屋の出入り口近くを通りかかると、壁際に人待ち顔の三橋が立っていた。無言で猫のように指だけで呼ばれて、融は通行人の邪魔にならないよう三橋の傍に向かう。

「何か変なのに目えつけられてるんだな、おまえ」

「すみませんでした。おれ、いろいろ迂闊だったみたいで」

　初対面で合わないと直感し、初日が終わる頃にはそれと実感した。融にとっての東野はそういう相手だ。配属希望に関してもこちらは話す気がなかったのを、執拗《しつよう》に問いただされて面倒になって答えた。何で営業じゃないのかと追及されて思わず本音を返したのは当時の自分が荒《すさ》んでいたせいだと思うが、それが言い訳になるはずもない。

「どっちでもいいけどね。あいつは今後二度と、前原さんには近づけないだろうし」

「そうなんですか？」

「周りが何やってても基本放置する人なんだけど、あの手の人間は嫌いみたいでね。あいつも、余計なことやらなきゃあそこまで拒否されなかっただろうに」

とても厭そうにきれいな顔を歪めたかと思うと、三橋はおもむろに融を見る。

雰囲気が変わったように思えて、何となく身構えた。それに気づいたのかどうか、三橋は唇の端を歪めて言う。

「ひとつ確認だけど。おまえ、前原さんに変な気持ちは持ってないだろうな？」

「変な気持ち？」

見返した融を微妙な顔で眺めて、三橋はさらりと言う。

「たとえば前原さんとキスしたいとか、前原さんに触りたいとか逆に触ってほしいとか」

「――」

意味がわからずぽかんとして三橋と見合うこと数秒、ようやく融は三橋の言葉の意味を理解する。

首が飛んでいくかと思うほどの勢いで、首を振っていた。

「いやいやありえませんから！　そりゃ前原さんのことは尊敬してるし感謝してますしすごい人だと思うし好きですけど、でもあの人男性ですよね⁉　おれ、女の子にしかそういう意味で興味ないですし、そもそも女の子相手でも恋愛とか懲りてるんで当分いらないしっ」

意味もなく両手まで振り回しながら、自分が真っ赤な顔になっているのを自覚した。その顔をしばらく眺めて、三橋は頷いてみせる。

「信じたからな。じゃあ、オレは帰るから」

出入り口へ向かいかけた背中に、融は急いで声をかける。

「もう帰るんですか？　このあと場所を変えて二次会もあるって、西山さんが」

「一次会はそろそろお開き。前原さんが出ない二次会に用はないね」

「そっか。……でも一応、誘うだけ誘ってみませんか。おれと三橋さんで頼んでみたら、少しは考えてくれるかも」

　思いついて提案してみたら、きれいな顔で冷たく見下ろされた上に鼻で笑われた。

「何でおまえと一緒くたで誘わなきゃならないんだよ。そんな暇があったら仕事抜きで自力で声かけた方が建設的だろ。あと、下手な誘いはやめろ。前原さんに迷惑だ」

「迷惑、でしょうか」

「当たり前だ。誰に何言ってんだか。おまえ主賓だろ？　だったらそれらしく、おとなしく一晩遊ばれてしまえ」

　ふん、と肩をそびやかして、三橋は居酒屋から出ていってしまった。呼んでいたらしいタクシーに乗り込んで、あっという間に見えなくなる。

　どこまでもブレない人だと、見送りながら感心する。そのあとで、先ほどの三橋の言葉をふと思い出してしまった。

（前原さんとキスしたいとか、前原さんに触りたいとか逆に触ってほしいとか）

　かあっと顔が熱くなった。そんな自分に狼狽《うろた》えると同時に、免疫がないにしてもこれは情けないだろうと自省する。どうにもこうにも、この年齢の男としては情けなさすぎた。

　頬の火照りが収まるのを待って座敷に戻ると、前原はまたしても課長に捕まっていた。うんざりしたような横顔に少々同情しながら人気《ひとけ》のない自席に戻ってスマートフォンで時刻を確認すると、一次会はそろそろ終わるはずだ。

　最後に冷たい飲み物を頼もうかと思った時、目の前のテーブルに氷も新しいウーロン茶が置いてあるのに気がついた。

　グラスに水滴がついているせいか、やけに美味しそうだ。少し前にオーダーした覚えがあるから、いない間に届いたのだろう。

　それがウーロン茶ではなく酒だと、勢いよく喉に流し込んでから気がついた。かあっと全身が熱くなる感覚と同時に、くらりとした目眩《めまい》に襲われる。視界がくるくると回っている。

「げ、嘘だろ田阪、それ俺のっ」

　ぎょっとしたような西山の声を聞いたのを最後に、融の意識はふつりと途切れた。

8

——優しい手に、頭を撫でられた。

大きな手のひらにゆるゆると髪の毛を混ぜられるのは、ずいぶんどころではなく久しぶりだ。子ども扱いされるのが厭《いや》で中学に上がる頃には逃げるようになっていたから、たぶん最後にそうされたのは小学生の時だ。

　いや違う、とシャボン玉がはじけたように思う。ここ最近になって、前原《まえはら》によくそれをされるようになったのだ。ずっと年上だし尊敬している人だし、侮られているわけでもない。妙に楽しそうに手を伸ばしてくるから、どうにも拒否する気になれない。これは確かに西山《にしやま》の言った通り、懐《なつ》いているということだろう。

夢現《ゆめうつつ》に思っているうち、意識が緩やかに浮かんでいく。うっすらぼやけた目の前で、誰かが近くから覗き込んでいるのがわかった。

最初に目に入ったのは、シルバーフレームの眼鏡だ。かつての職場を辞めた当時には虫酸《むしず》が走るほど嫌いだったそれを安心して見返せたのは、相手が前原だったからだ。見慣れた薄い表情のまま、どこか不思議そうに融《とおる》の顔を見つめている。

へらっと勝手に頬が緩む。間抜けな笑い顔になったと自分でもわかっているのに、どうにもこうにも直せない。

その顔でじいっと見返していると、前原がふいに動いた。慣れた仕草でシルバーフレームの眼鏡を外し、横にあったサイドテーブルに置く。

地模様のある白い天井をバックにした前原は、どういうわけか格子柄の寝間着姿だ。私服でもずいぶん雰囲気が違っていたけれど、まさか寝間着を見る機会があるとは思ってもみなかった。

――田阪《たさか》？　起きてるのか。

低く名を呼ぶ声に答えたはずが、うまく声にならなかった。もう一度頭を撫でられて、目を細めながら返事の代わりに頷いてみせる。眼鏡のない前原が、吐息が触れそうな距離で口角を上げた。

近すぎる距離を気にするより、前原の唇に目がいって仕方がなかったのだ。柔らかそうだな、でも少し荒れてるかなと思っているうち、融は前原の首に腕を回してしがみついている。あれと思った時にはもう、唇が触れ合っていた。

すぐに離れた口元からはアルコールの匂いがして、何となく笑えてきた。

――前原さん、どんだけ飲みました？

――さあ？

喋《しゃべ》った感覚がないのに聞こえていたらしく、顔を寄せた前原が苦笑する。笑って「何ですかそれ」と言い返そうとした声は、再び重なってきた唇に呼吸ごと呑み込まれた。

強く押し当てられたキスが離れていく間際、濡れた感触に唇の合間をなぞられる。鼻の頭と右の目尻を順に啄むキスのあと、ひたりと前原の額が融の額に押し当てられた。窺《うかが》うような低い声が言う。

――逃げなくていいのか？

――……うん。きもちいいです。

考えることなく、ふわふわと笑った。

近すぎる距離で、前原の表情が柔らかくなる。額から鼻先をすり寄せてきたかと思うと、もう一度呼吸を奪われた。先ほどは離れ際に触れただけの濡れた体温が、今度は唇の合間を探って歯列に割り込んでくる。

初めて知った他人の舌は、予想外に熱かった。融の舌先に絡んだかと思うと上顎《うわあご》から頬の内側を抉《えぐ》るように探っていく。無意識にこぼれた吐息も知らず溜まった唾液も全部吸われて、慣れない感覚にずぶずぶと沈んでいく。

うまく呼吸ができず、息苦しさに視界が滲《にじ》む。それでも離れるのが厭で、しがみつく腕に力を込めた。よく知った手のひらにこめかみから頭を撫でられて、心地よさに安心する。

頭のすみで、「あれ」と思う。何がどうなってこんなことに――続く疑問すらはっきり認識できないまま、融は再び落ちてきた睡魔に呑み込まれた。

目が覚めてすぐに見えたのは、地模様のある白い天井と、窓辺にかかった生成色《きなりいろ》のカーテンに浮かぶ窓枠の影だった。

ぽかんと目を見開いて、融は周囲を見回す。前に見たことがあるように感じたが、すぐに知らない場所だと認識した。

どう見てもホテルでなく、個人宅だ。融が横たわっているのは広いベッドの上で、すぐ横にあったサイドテーブルの上には時計とシルバーフレームの眼鏡が置かれていた。フローリングの床にマットの類はなく、ベッドとサイドテーブル以外の家具もない。実にシンプルな、言い換えれば殺風景な部屋だ。

　首だけ動かして確かめると、融は昨夜歓迎会に出た時のシャツとスラックスを身に着けていた。ひっくり返してみた記憶もまた、歓迎会場だったあの座敷で途切れている。

　ここはどこで、どうして自分はベッドで寝ているのか。横向きで寝る癖があるのは知っているが、背後から回って腹の前で重なっている長い腕と、背中に密着する弾力のある体温は。

　——もしかして、もしかしなくても誰かに抱きしめられている、のではないだろうか。

　切れた回路が繋がったように、唐突に気づく。ぎょっとして飛び起きかけるなり脳天を殴られたような痛みに襲われて、少し身動《みじろ》いだだけで諦《あきら》めた。くわんくわんという擬音そのものに響く頭痛と目眩《めまい》、それに吐き気を覚えて融は目の前のシーツに頬を押しつける。

　声にならない悶絶《もんぜつ》の後、少しずつ薄れてきた痛みに小さく息を吐く。俯《うつむ》いていたせいで、腹に回っている長い腕が目に入った。

　腕の長さといい手の大きさといい、どう見ても男性のものだ。記憶がないことを思えば女の子でなくてよかった気もするが、同じくらいに落胆もした。

　この腕の主は誰だろう。続く頭痛のせいかうまく回らない頭で考えているうちに、長い腕がまとう格子柄の寝間着の袖に目が留まった。

「……あれ？　さっき見たような」

　つぶやいて、目が覚めてすぐにもそう感じたのを思い出す。曖昧《あいまい》な記憶を探りながらそろりと身体の向きを変え、仰向けになって右腕の方を見た。

　一瞬、「これ誰だっけ」と思った。

　見知らぬ端整な顔の男性が、顔をこちらに向けて眠っていた。

　瞼《まぶた》が落ちて目の表情は見えないが、形のいい鼻すじやきれいなラインを描く目元に見覚えがあった。その下で薄く開いている唇も——。

「前原さん……？」

呆然とした自分の声に、唇の奥をまさぐられる感触が、奇妙なほどリアルによみがえった。

続いて脳裏に閃《ひらめ》いたのは、つい先ほど見たのと同じようでいて別の光景だ。外した眼鏡をサイドテーブルに置く長い指と、白い天井をバックに融を見下ろしていた格子柄の寝間着。頬に触れた手の温度と、耳元で名前を呼ぶ、声。

「……っ」

前原に、キスされたのだ。部屋の明かりが点いていたから、夜。おそらくは真夜中で、前原はベッドに腰掛けて融を見下ろしていた。

そう——そのあと覗き込むように身を屈《かが》めてきた前原の首に、融からしがみついていったのだ。どうにも離れたくなくて、まるで縋《すが》りつくように。

かああっと、顔どころではなく全身に血が駆け巡った。混乱しきった思考が破裂しそうになった時、前原の瞼が小さく動く。

硬直して見ている前で、ゆっくりと瞼が開く。定まらなかった視線が融で固定されたかと思うと、歓迎会の最中に見せた以上に優しくて柔らかい笑みを浮かべた。

呼吸すら、できなくなった。声もなくただ見つめていると、腹にあった手がするりと動いて融の頬に触れてくる。そっと撫でられて、頭の中が空白になった。

わずかに身を起こした前原が、融の顔の横に手をつく。覆い被さるように顔を寄せられて、近すぎる距離に思考が飛んだ。気がついた時には、勝手に身体が動いている。

「お、はようございますっ。すみません迷惑かけたみたいでっ」

気がついた時には、前原の腕からベッドの端へと逃げ出していた。

目を眇《すが》めた前原が、ふと表情を変える。シルバーフレームの眼鏡がないだけで、表情そのものは見慣れた薄いものだ。乱れた前髪を指先でかきあげる間にも、何かを検分するようにじいっと融を見つめている。

お互い固まったように見合ったまま、張り詰めた沈黙が落ちる。

「ここ、どこですか？　おれ、何でここに」

自分の声はひどく掠《かす》れて、吐息のように聞こえた。

それを合図にしたように、前原が動いた。融を避ける距離でベッドの端に寄ると、脚を下ろして軽い息を吐く。いつもと同じ顔で、静かに言った。

「俺の家だ。間違えて西山《にしやま》の酒を飲んだのは、覚えているか？」


前原の自宅は、いわゆるデザイナーズマンションの十一階にあった。

自宅アパートとは貫禄が違う洗面所の鏡に映る自分を眺めて、融は考えを巡らせる。少し頭を動かしただけで走る痛みと目眩と吐き気に、うんざりして額を押さえた。

融が最後に飲んだあのグラスの中身は、メニューにない特別オーダーでかなり濃く作ってもらった酒だったそうだ。頼んだ西山本人が受け取ったものの、その直後に課長に呼ばれ、持参すると奪《と》られるからとその時いた場所、つまり融の席に置いていったという。

前の職場で限界を超えて飲まされては二日酔いに悩まされていた融は、反面教師として自分の酒量を把握するよう気をつけている。昨夜の融はそうやってウーロン茶に切り替えたばかりのところに強い酒を飲んでしまったわけで、意識が落ちるのもある意味道理だったわけだ。

「けど、何で前原さんちにいるんだろ」

ぽそりとこぼれた声は、酒の名残《なごり》か妙に掠れていた。

借りた洗面所の鏡に映る顔の色は悪く、気分の悪さを押し流すように洗面をすませてタオルを借りる。

（身支度が終わったらリビングに来い。朝食がてら説明してやる）

ここ最近には珍しく不機嫌そうだった前原を思い出

して、どんな顔で出ていけばいいのかと本気で困った。

　あのあと速攻で謝罪をし、「すぐ帰ります」と言い張ったのが不興を買ったようなのだ。融にしてみれば迷惑のかけ通しでさらに朝食を一緒にするなどとんでもないと思っただけだが、前原には別の意味に聞こえたらしい。眼鏡のない顔でじろりと睨《にら》まれて、その場で居竦んでしまった。

　ひたと向けられた視線には、抗いようのない強制力がある。耐えられたのは十秒ほどで、結局「お世話になります」と頭を下げてしまったのだった。

　ため息混じりに見下ろしたシャツもチノパンも、どうしようもないほど皺《しわ》だらけだ。できるだけ叩いて伸ばして何とか体裁をつけると、昨夜のあのキスはいったん棚上げすることにした。そうでもしないと、前原の前に出るなりとんでもないことをやらかしそうだ。

　頭の中で記憶に鍵をかけ、布団巻きにして押入に片づける場面をイメージする。考えるのはあとと自分に言い聞かせて冷静を保つと、融はそろりと洗面所を出た。短い廊下の先の、リビングだろうドアを押し開く。

　湯が沸騰する音と、コーヒーのいい匂いがした。ほっとして首だけで覗いてみると、入ってすぐの横合いから聞き慣れた声がする。

「水だ。先にこれだけ飲んでおけ」

「何から何まですみません……」

　跳ね上がりそうになった肩をどうにか堪《こら》えて、差し出されたグラスを受け取った。中身はどうやら常温の水のようで、口をつけたあとで喉が渇いていたことを自覚した。

　すぐ傍に立って見ていた前原にグラスを返して、もう一度礼を言った。頷く前原は眼鏡をかけたいつも通りの薄い表情で、寝起きのアレや夜中のキスの時とは別人のようだ。そのせいか、すんなり次の言葉を口にできた。

「あの、おれも何か手伝います」

「湯を沸かしてコーヒーを淹《い》れるだけだ。すぐだから適当に座ってろ」

素っ気ない物言いには逆らえない響きがあったが、それが気遣いなのも伝わってきた。促されるまま、融は広いリビングの中央に置かれた三人掛けのソファに腰を下ろす。

何げなく見渡したこのリビングも、シンプルを通り越して殺風景だ。無駄が嫌いな人だと知ってはいるが、どうにもこうにも生活感がなさすぎてモデルルームを連想してしまった。

ソファやローテーブルに壁際のテレビといった生活用品があっても、人が住んでいる気配がしない。そのせいか、ローテーブルの横に置かれた小さめのワゴンの上に複数のビールの空き缶と中身入りのウィスキーの瓶とグラスが林立しているのを目にして妙に安心する。

「見苦しかったな。悪かった」

運んできたトレイをローテーブルに置いた前原が、融の視線に気づいてワゴンを移動させる。

「こっちこそ、じろじろ見ててすみません。そういえば前原さん、会場で全然ゆっくりできてなかったですし、飲み直さないとですよね」

何かといえば課長に呼ばれ、やっと席に戻ったかと思えば向こうから寄ってこられるという状況で、同じ場所に三十分も座っていられなかったのだ。前に飲みに行った時のことを思えば、半分も飲めていなかったのではあるまいか。

「課長のあれは気遣いらしいんだが。まあ、あの人がいる場所でまともに飲めたためしはないな」

淡々とした声音が「ありがた迷惑だ」に聞こえて、融はこっそり笑ってしまった。

「お疲れさまです。もしかして、おれもここでご相伴に与《あずか》ったりしました？」

「完全に潰れていたからな。帰ってすぐ寝室に放り込んだ」

キッチンから飛んできた返答にひやりとしながら、融はトレイの上の品物をローテーブルに並べていく。

内容は、コンビニエンスストアのＢＬＴサンドにインスタントスープ、そしてこれだけはきちんと淹れたらしいコーヒーだ。サンドイッチの賞味期限が今朝だから、どうやら夜のうちに買っておいたらしい。

「こんなもので悪いな。外食も考えたが、動けないかと思ったんだ」

「十分です。ありがとうございます」

　キッチンから戻った前原が、無造作に融の隣に腰を下ろす。どきりとしたものの、極力冷静を装い礼を言って朝食にした。

　同じソファに座っていても、前原と融の間には人ひとりがゆったり座れる程度の間がある。そのことに安心と不満を同時に感じて、そんな自分に混乱した。

　説明によると、潰れた融の様子を見ている間に前原が送っていくことで話が決まったそうだ。一次会で帰るつもりの前原は快諾し、タクシーを呼んで融を乗せたあとで融の自宅の住所を知らないことに気がついた。当初は適当なホテルに押し込むことも考えたが、タクシーを降りて諸々の手続きをして部屋まで送るなど考えただけで面倒になって、ついでとばかりに連れ帰ったという。

「本っ当にすみません！　おれ、前原さんには迷惑のかけ通しで」

「こっちこそすまなかった。ベッドは田阪に譲って俺はここで寝るはずが、どうやら酔って寝室に行ってしまったらしい」

「え？　前原さんも酔っ払ったりするんですか？」

　つい問い返した融を、前原は何とも言えない顔で見返してくる。意味がわからず挙動不審になっていると、食べ終えたサンドイッチの包装を丸めながら続けた。

「滅多なことでは酔わないが、条件が揃うと回るのが早くなるらしい」

「条件、ですか。量は関係なく？」

　計量カップを自称するほど酒量次第な身としては、前原の言い分は不可解すぎる。とはいえ前原本人の何とも名状しがたい表情を前にして、それ以上のコメントは差し控えることにした。

「次回はおまえの酒量をきっちり監視するか、それが無理ならホテル送りだな」

「…………」

頭のてっぺんから、冷水を浴びせられたような気がした。

(ベッドは田阪に譲って俺はここで寝るはずが)

(酔って寝室に行ってしまったらしい)

要するに、前原は寝室にいるのが融だと認識していなかったということか。だったらあのキスも、融だからしたのではなく。

(本気で好きとか言うやつとは絶対つきあわない主義だし)

耳の奥に、いつか三橋《みはし》から聞いた言葉がよみがえる。

セフレだったと三橋は言ったが、前原の容姿や年齢を考えればそういう相手がいて当然だ。それで、酔った前原は融をそういう相手と間違えた。だからこそ、あんなキスをした……？

辿りついた結論に、胸の中にあった疑問が急速に集束する。代わりのように湧いてきたいたたまれなさに、融は意識して明るい声を上げた。

「そんなことにならないよう、次回は自分でちゃんとします。ところでこの後片づけですけど、おれにさせてもらえますか？」

「必要ない。たいした量じゃないしな」

「でも、迷惑かけたのはおれですし。できればやらせてもらえないでしょうか」

半ば強引に押し切って、トレイを手にキッチンに立った。

洗い物といってもカップ類を四つ、ざっと流して水切り籠に入れたら終わりだ。下がっていたタオルで手を拭《ぬぐ》いながら、眺めたキッチンのもののなさに唖然とする。冷蔵庫はあるが食器棚はなく、コーヒーメーカーと使いかけの紙コップが調理台にあるだけだ。

そういえばコーヒーはそれぞれマグカップとコーヒーカップに入っていたけれど、インスタントスープは紙コップだった。マークから見るに、サンドイッチと同じコンビニエンスストアで買ったようだ。

料理云々以前に、ここではコーヒーしか飲まないと宣言しているようなキッチンだ。こうなると、生活感以前の話だった。

この部屋で、この人はどんなふうに暮らしているんだろう。

考えてみれば、融は前原のことをほとんど知らない。どんな服装を好むのか、休日は何をしているのか。趣味は何なのか、それ以前にアウトドア派なのかインドア派なのか。

家族はいるのか、友人とはどんなふうにつきあっているのか。――三橋と別れてから、新しい相手を見つけたのかどうか。

最後に脳裏を掠めた問いに、胸の奥が摑まれたように痛んだ。

「わざわざ送ってくださってありがとうございました」

帰り着いた自宅アパートの前で車を降りて頭を下げると、運転席の前原は思い出したように言った。

「今日はきちんと休んでおけよ。まだ顔色が悪い」

「はい。前原さんも、気をつけてお帰りください」

軽い頷きを残して、前原が車を出す。アパートの前の狭い道を走った車が角を曲がって視界から消えるまでを、その場で見送った。

後片づけをすませて帰ると告げた融を、前原は車で送ってくれたのだ。ひとりで帰れるから大丈夫と言い張っていたら、またしても寝室でのあの時のように機嫌を損ねそうになった。

寸前でまずいと気づいて、すぐに「お願いします」と言い換えたのだ。傍目には相当な変わり身だったはずなのに、前原は最後までいっさいそこを指摘しなかった。

……初めて乗った前原の車は、いつも使っている社用車とは全然違っていた。新車そのもののシンプルな車内にはかすかに前原が使う整髪料の匂いがして、それがひどく気になった——。

「……帰って寝る、か」

重い足を引きずって、融はアパートの二階にある自室へと向かう。

後ろ手にドアを閉じると気が抜けた。ドアに凭《もた》れたままずるずると滑って、融は玄関先に座り込む。耳の奥に、数十分前の前原の言葉がよみがえった。

（それが無理ならホテル送りだな）

酔っ払って同じベッドに入ったことをきっちり謝った前原は、真夜中のあのキスについていっさい言及しなかった。

キスしたこと自体を忘れているのか、覚えていてあえて知らないフリをしたのか。どちらにしても、ひとつだけ確かなことがある。

つまり、前原にとってあのキスはなかったことなのだ。

「そりゃそうかも。ベッドに行ったことも覚えてないみたいだったし」

酔っ払い同士のキスなど、宴会の余興と一緒だ。昨今は男同士でも珍しくないと聞くし、そもそも無礼講なのだから咎《とが》める方が野暮なのだろう。

「勘違いしたんだったらなおさら、変に追及しても気まずくなるだけだよな。それで仕事がやりづらくなっても困るし。それに、どっちかっていうとおれの方から迫ったことになるんじゃ……？」

あの時、前原は枕元にいたけれどそれだけだ。先に手を伸ばしたのもしがみついていったのも融の方で、だったら酔った前原にセフレと間違われても仕方がないように思う。

「それで、なかったことにしてくれたのかも」

最初の和解の時、融はそういう意味で自分が同性に興味がないことを主張した。前原がそれを覚えていたとしたら、融のあの言動は酔っ払った上のものとしか思えまい。融本人の記憶の有無は別として、黙っているものをわざわざ話題にしたりはしないだろう。

「……ショック、だったもんな。あんなキス、女の子ともしたことないし」

　無意識に、指先で唇を押さえる。最初は優しかったはずが、様子を見ながら少しずつ深く激しくなっていったキスを思い出した。優しい体温と少しかさついた感触と、アルコールの匂いが鮮やかによみがえって、胸の奥が締めつけられるように痛くなる。

「じゃあ、あれは初体験だったってこと、か？」

　笑って言ったはずが、語尾が大きく歪んでひしゃげた。あれ、と思った時には目元から滴《しずく》が落ちて、足元の床で小さく散る。ぼろぼろと続けて落ちた滴は霞《かす》んだ視界では曖昧《あいまい》で、なのにその数が増えるごとに胸が苦しくなった。そのまま融は玄関先の狭い空間にへたり込む。

「うそ、だろ。何これ……っ」

　自分の声が、他人のもののように響く。勝手にこぼれる涙を手のひらで拭《ぬぐ》って上を向き、背後のドアに頭をぶつけた。

　おぼろな記憶の中、柔らかく見下ろしていた前原の、無防備な顔つきを思い出す。あんな表情をする人だったろうかと思い、それだけで胸が詰まった。

　……前原の判断は正しい。この場合、なかったことにするのが一番だ。たとえば前原に謝られたとしたら、融はきっとどうしようもなくいたたまれなくなる。逆に、融の側から切り出したりしたら、間違いなく前原を困らせる。あげく、返ってくるだろう言葉で気まずくなって、今まで通りではいられなくなってしまう。

　前原の指導を受けられるのは幸運だと思うし、今後もこれまで通り勉強したい。後輩としていくらか気にかけてもらっている現状が、拗《こじ》れて失われてしまうのだけは避けたい。

「それが妥当、だよな。安心だし」

　ひとつずつ理由を積み上げながら、それ以上に深く胸の奥を穿《うが》っていくものがある。手放して切り捨ててしまったらいいのに、どうしてもそうしたくない。痛くて苦しくて切なくて、それでも大事に握っていたい。

前原が、本気の恋愛を厭《いと》う人だというのなら。何も言わず、できるだけ長く傍にいられるよう祈るしかない。

「それだとおれ、前原さんのこと、すき、なんじゃ……」

ふいに、それが真実なのだと気がついた。迷う余地も狼狽《うろた》える隙もなく、融の内側の深い場所にある亀裂にするりと入り込んでいく。

こつんと、硬い音がする。それが自分の頭が玄関ドアに当たった音だと自覚できず、融はただ宙を見つめていた。

9

週明けの出勤を、ここまで気重に感じたのは初めてだ。

仕事に行きたくないと思ったことなら、何度もある。前の職場を辞める間際は連日そうで、全身に鉛が詰まったような気分で家を出ていた。再就職してからも、前原《まえはら》とうまく話せなかった頃には毎朝のように胸が重く憂鬱《ゆううつ》だった。

今朝の感覚は、そのどちらとも違った。

歓迎会の翌朝に気づいた感情を、うまく消化しきれないまま出勤日を迎えてしまったのだ。あんなふうに胸が苦しくなるほど誰かを好きだと感じたのは初めてで、その相手がよりによって前原だということを——年上の尊敬する同性だった事実を持て余していた。

本当にそうなのか、いやそんなはずがない、何か勘違いしているだけだ、けどこんなに好きなのに。考えただけで胸の中で複数の感情が入り乱れて、収拾がつかなくなってしまうのだ。

　この感情は、前原本人を前にしたらはっきりするだろうか。それとも、かえって混乱するだろうか。半分賭のような心持ちで六階営業部の自席についた融《とおる》は、けれどすでに出勤していた前原を見るなり動けなくなった。

　いつもなら、融の方から挨拶に駆け寄っていくところだ。それに慣れていたからだろう、顔を上げた前原が突っ立っている融へ目を向けた。

　シルバーフレームの眼鏡越しに目が合ったとたん、心臓が大きく音を立てる。胸の中で起きた感情のうねりは予想外に大きく、融はつい視線を逸らしてしまった。

　露骨な真似をしたと直後に悟って、全身が冷たくなる。衝動的に脚が動いて、気がついた時には前原のデスク前に立って挨拶していた。その声がいつもより上擦っていることと、こちらを見る前原の視線に怪訝そうな色があるのを冷静に感じ取る。

「どうした。具合でも悪いのか？」

　あからさまな態度に加えて目線を合わせない融を不審に思ったらしく、前原は身を屈《かが》めるようにして俯《うつむ》いた顔を覗き込んでくる。近すぎる距離に無意識に固まっていると、冷たい手のひらが額に触れてきた。

　心臓が、跳ねたかと思った。

「何でもないんです。すみませんちょっと寝不足で」

　考える前に、後ろへ一歩退いていた。たった今まで触れていた体温が離れた額が、やけに寒い。宙に浮いた格好になった前原の手が目についた。

「何ともないならいい。が、無理はしないように」

「はい。……すみません」

「いや。そろそろ朝礼だ、席に戻った方がいい」

　気まずさに俯いた融とは対照的に、前原の声音はいつも通り淡々としていた。急いで自席に引き返しながら落胆し、そんな自分にぎくりとする。落ち込むのは相手にされていないと感じるからで、それを気にするのは過剰に意識しているせいだ。

　それ以上考えているとどんどん泥沼に嵌《は》まりそうで、融は朝礼に集中する。大抵は伝達事項の確認で終わることが多いが、稀に仕事状況や変更の知らせもあるため聞き流さないようにと、これも前原から教わっていた。案の定と言うのか、今日新たに告げられた内容は融も一部知っていたことだ。

　前原が担当する病院の、移転に関わる担当者を増やすという知らせだった。現行では仕事量が増えすぎるため追加に一名入れてフォローするが、必要に応じて他のスタッフにも協力を要請するという。追加スタッフとして挙がった名前は三橋《みはし》だ。

　予定では今日の午後、件《くだん》の病院に行くことになっている。思い返しながら前原のデスクに行き、話題を作るつもりで言ってみたら、あっさり「今日からだ」と返事があった。

「今後あちらに出向く時は、三橋さんも一緒にということですか？」

「基本的にはそうだが、場合によっては別行動もあるだろうな。できるだけ一緒に出向いた方が好ましいんだが……ちょっと待ってろ」

　横合いから課長に呼ばれて、前原が言葉を切る。「すぐ戻る」との言葉に頷き、離れていく背中を見送った。

　前原相手に、ここまで言葉を選んだのは久しぶりだ。正直、まともな会話がなかった頃よりも神経を使っていた。

「あれ、前原さんは……課長んとこか」

　横合いからかかった声に顔を向けて、何となくほっとした。

　午後からの打ち合わせに来たらしい三橋がすぐ傍にいて、やや遠目に課長と話している前原を見ている。おそらくわざとなのだろう、ちらりともこちらを見ないのを承知で融は言った。

「おはようございます。今日から、よろしくお願いします」

とたんに、三橋はじろりと融を見下ろしてきた。とても厭《いや》そうな顔で言う。

「さっき前原さんと話してるの聞いたけど、おまえの言い方は逆だから。オレは正規の仕事で、おまえの方がオマケ。そのくらい心得ときな」

「そうでした。すみません、気をつけます」

そんなつもりはなかったけれど、言われてみれば確かに不用意な言い方だった。納得して頷いた融を、三橋はまじまじと見下ろす。声を落として言った。

「……おまえ歓迎会のあと前原さんちに泊めてもらったって、本当?」

「そうですけど、どこで聞かれました?」

融は誰にも話していないし、あの前原自ら喋《しゃべ》るとは考えにくい。窺《うかが》うように見上げた融に、三橋はあからさまな渋面《じゅうめん》になった。

「何それ。オレですら行ったことがない前原さんちに、どうしておまえが泊まったんだよ。わかるように説明しろ」

「おれも、よく覚えてないんです。間違えて強い酒飲んで卒倒したとかで、送ろうにも住所がわからなかったので連れて帰ったと」

「間抜けすぎて笑える理由だな。で？　泊めてもらってどうしたわけ」

何げない問いに言葉に詰まりそうになるのを堪《こら》えて、融は苦笑する。

「目が覚めたら朝だったので、朝ご飯をいただいて帰りました」

「それだけなんだ。本当に?」

「そうですけど。他に何かありますか?」

何食わぬ顔で返しながら、気づく。前原に片思いをしている者同士という意味では、融と三橋は同類なのだ。もっともそんなことを口にしたら、三橋からは盛大に厭がられそうな気がするけれども。

視線を感じて顔を上げると、こちらを見ていた三橋と目が合った。たじろいで一歩後じさると、目を細めて見下ろされる。このままではまずいように思えて視線を泳がせたその時、別人のように爽やかな三橋の声が聞こえてきた。

「前原さん、おはようございます。午後の予定なんですけど」

　戻ってきた前原と話し込む三橋は、声だけでなく表情も先ほどとは別人のようだ。さすがに気心の知れた者同士というのか、前原との打ち合わせも阿吽《あうん》の呼吸で早々にすませてしまう。

「じゃあ、そういうことでお願いします。——ところで前原さん、歓迎会の夜に田阪《たさか》を泊めたって本当ですか」

　いきなりの三橋の言葉に、前原がちらりと融に目を向ける。即座に首を横に振ったものの、前原の無表情は変わらない。それを見て、三橋はにっこり笑顔で言う。

「本当みたいですね。だったら今度はオレを泊めてくれません？」

「……どうしてそうなる？」

「オレが泊まりたいからです。もちろん夕飯と酒は奢りますよ」

　堂々と言い放った三橋に、前原は呆れ顔を隠さない。

「あれは緊急措置だ。潰れたからといって道ばたに置いていくわけにはいかないだろう」

「だったらオレも潰れますよ。それなら泊めてくれるんですよね？」

　三橋の追撃に、前原は辟易《へきえき》したようにシルバーフレームの眼鏡を押し上げた。

「断る。他人を家に入れるのは好きじゃないんだ。田阪、そろそろ出るぞ」

「はい」

　無造作に呼ばれて、すぐに頷いた。不満げに見送る三橋に会釈をして、融は前原を追いかける。先を行く前原は不機嫌そうで、そんな様子には慣れているはずなのに、どうすればいいのかわからなくなった。

今まで通りで、いいはずだ。前原の不機嫌の起因は三橋なのだし、こういう時は何食わぬ顔で流した方がいい。そう思い必死で話題を探しているうちに、融は呆然とする。

先週まで自分がどんなふうに前原と接していたのかが、わからなくなったのだ。

どんな顔で前原を見て、どんな声で、どんなふうに話しかけていたのか。振り返って問う声にどう答えていたのか、何げなく目が合った時にどうしていたのか――そんな些細なことすら、うまく思い出せない。内心で焦るばかりで、結局何の会話もなく社用車を駐《と》めてある駐車場に着いてしまった。

無言で運転席に乗り込んだ前原を窺いながら、融は助手席のドアを開く。シートに腰を下ろす間も車内は沈黙していて、それが気詰まりで仕方がなかった。

「田阪、シートベルト」

「すみませんっ」

いつものように言われただけなのに、勝手に声が裏返る。前原は眉を寄せてこちらを見た。

「おい。どうした？」

「何でもないです。すみません、すぐに」

引っ張ったシートベルトは途中で引っかかって止まってしまい、運転席側にある留め具まで届かない。焦って何度もやり直していると、横合いから身を乗り出した前原が助手席のシートベルトを摑んだ。固まって動けない融をよそに、一度で長く引き出して嵌めてしまう。

「こういう時は焦るな。かえって出てこなくなる」

「はい。すみません、あの」

「何があった。おまえ、今日はおかしいぞ」

言いたいことも言うべきこともあるはずなのに、うまく声にならなかった。必死で言葉を探してみても、頭の中は空回りするばかりだ。

「田阪？　いいから落ち着け。大丈夫だから」

宥《なだ》めるような重みが頭上に落ちたのは、その時だ。

馴染んだ感覚だとわかったのに、反射的に身体が動いていた。

運転席の前原がはっきり顔を顰《しか》めている。ふいと前を向き、無言でハンドルを握ったのを目にして、融はようやく自分が何をしたのかを自覚した。

いつものように頭を撫でようとした前原の手を、振り払ってしまったのだ。言い訳のしようがないほど、あからさまなやり方だった。

「すみません……おれ、そんなつもりじゃ」

「いい。勝手に触ろうとしたこちらも悪い」

どうにか口にした謝罪への、前原の返答は素っ気ない。それには慣れていたはずなのに、今日の声はいつもよりずっと硬く聞こえた。

先週までは和やかな会話と穏やかな静かさで占められていた車中には、その日、帰社するまでぎこちない沈黙が居座った。仕事に必要な会話はあったものの雑談など皆無で、融がどうにか謝罪してからも空気が緩むことはなかった。

言わずにおいた方がいいことは、世の中には多く存在する。

悪気なく口にした言葉が、こちらの予想外の方向で相手を追いつめてしまう。善意で言ったはずが、逆に恨まれる。長くつきあった友人同士ですら、ほんの一言で修復不能にまで壊れてしまうのも珍しくない。それを思えば、職場の先輩に明らかに言うべきでない言葉を投げつけるのは、手の中にあるものが爆弾だと理解した上で投げつけるのと変わらない。

本意でなくその爆弾をぶつけてしまった時は——どうやって修復すればいいのだろう。

「だったら十四時でお願いします。何か変更があれば電話で連絡を」

ふっと耳に入った三橋の声で我に返って、融は目だけで周囲を見回し記憶を掘り起こした。

朝礼が終わったところだったのだ。前原といつも通り事前確認をしたタイミングで、三橋が打ち合わせにやってきた。そのあと融はふたりの打ち合わせを傍で聞いている。

「わかった。そっちはうまく回ってるのか？　仕事量が多すぎないか」

「あれ、気にしてくれるんですか？　すごい嬉しいんですけど」

「……三橋。そういう話じゃない」

　声は呆れを含んでいるけれど、前原の表情は相変わらず薄い。

「そういう話もたまにはいいじゃないですか。オレと前原さんの仲ですし？」

「――それより例のマットレスの見積もりは？　もう出たのか」

「はい、出てますよ。これですね」

　三橋が差し出した書類を受け取って、前原が検分する。息の合ったやりとりを以前は微笑ましく見ていたはずなのに、今はどうしようもない疎外感を覚えている。

　役立たずの、異物になったようだ。前原とまともに会話できなかった頃以上に、身の置き所がない。邪険にされているわけでなく邪魔扱いされてもいないのに、気持ちだけがどんどん細っていく。

「田阪、行くぞ」

「はい」

　打ち合わせを終えた前原について、急いでエレベーターへ向かう。社用車用の駐車場に向かう傍《かたわ》らで、ざっと病院移転の進行状況を聞かせてもらった。

「それだと移動日数が少なすぎる気がしますけど」

「時間がかかるのは下準備の方だ。物品の移動については、数と場所さえはっきりさせておけば単純作業ですむ。下準備に不備があった方がよほど混乱を招くし、下手をすると収拾がつかなくなる」

「それは、そうかもしれませんね」

　話題の病院移転に、融が同行する機会はきっとこない。前原と三橋がそちらへ出向く予定の本日の午後、融は初めて引き受けることになった取引先担当者に会いに出向くことになっている。付き添いは、もともとその取引先を担当していた西山《にしやま》だ。病院移転の話をこうして聞くことができるのは、関わった以上知っておいた方がいいという前原の配慮にすぎない。

——前原の手を振り払ってしまってから、今日で五日になる。

初日のどうしようもない空気の重さやぎこちなさは、幸いなことに日が経つに従って少しずつ薄れた。五日目の今は、一見何事もなかったかのように前原と言葉を交わせるようになっている。

もっとも、それはあくまで見た目だけの話だ。あの時の諍《いさか》いとも呼べない小さな出来事は前原と融の間で今も宙に浮いたまま、一度も話題に出てこない。

あからさまな行き違いがあったわけではないし、言い争いをしたわけでもない。それでも、ぎこちなさはどうしても残ってしまう。融は後ろめたさを持て余していて、前原はいつになく苛立っている。ここ数日は特に、不機嫌な顔で黙ってしまうことが増えた——。

「田阪ー？　疲れるには早いぞー」

「……すみません」

笑いを含んだ声を聞いて、融ははっと我に返る。運転席で苦笑する西山に謝ってから、前原とは昼前に別れたのを思い出した。

「ちょっとぼうっとしてました」

「ま、いきなり担当先持たされたんだから無理もないけどさ。いくらタイミングがいいからって、予告なしで田阪に任せるとか、課長も無茶言うよなあ」

「でも、ありがたいです。もっと勉強しないといけませんけど、担当を持たせてもらったと思うと気分が違いますし」

つい昨日、突然回されることになった担当先は、本来なら別の社員に振り分けられる予定だったものだ。それを、課長権限もとい独断で融に持ってきたという。

その担当先を、もともと受け持っていたのが西山だ。課長によるとミスや問題を起こしての担当替えではなく、新規取引先が増えたことによって西山の仕事が容量オーバーしたためだという。

「意欲があっていいねえ。ま、しっかり頑張りな。今日行くとこも、気のいいスタッフさんが多いからさ。それはそうと最近前原さん、機嫌悪くないか？　オレ、たまーに睨《にら》まれてる気がするんだよ。さっきだって、ランチの約束キャンセルされたしさ」

「ランチの件は忙しいからだと思いますよ。三橋さんと打ち合わせとかあったのかもしれませんし」

「んじゃ気のせいだな。けど、田阪もよく前原さんに懐《なつ》いたよな。オレなんかあの人とほとんど接点ないせいか未《いま》だに会話に困るのにさ」

　感心したように言われて、返事に迷う。少し考えて言った。

「おれと前原さん、結構黙ってることも多いですよ。会話って言っても前原さんは相槌《あいづち》打ってくれてるだけだったりしますし」

「そんなもん？　もっとよく喋ってんのかと思ったけど。——お、着いた。んじゃ降りるか」

　車を停《と》めた西山に、ぽんと頭を叩かれる。その重みに、これは違うと感じてしまった自分に驚いた。


　西山に連れられての挨拶を終えていったん社に戻った融は、今度は社用車を借りて飛び込みの営業に向かった。

　時間があるなら行ってみろと、課長に指示されたのだ。渡されたリストから時間内に行けそうな施設をピックアップして回ったものの、時間配分が読み切れず帰社したのは定時を三十分近く過ぎた頃だった。

　空いていた場所に車を入れてから気づく。隣に停めてある車は、いつも前原が使っているものだ。今日の午前中に自分も乗っていたはずがやけに懐かしくて、融はぼんやりと見つめてしまう。

　——どうして何でこんなふうになったんだろうと思

った。

原因はわかっている。そもそも融がいろんなことに過剰反応してしまったせいだ。うっすら自覚していた前原への気持ちが間違いなく恋愛感情だと思い知って混乱した。

三橋から話を聞いた時にすんなり納得できたのは、それが自分には縁のない他人の事情だったからだ。我が身のこととなると、そう簡単に納得するわけにはいかなかった。

おまけに、前原は本気の恋愛はしない人だ。三橋から聞いただけでなく、あの非常階段でのやりとりからもはっきりわかることだった。

セフレで構わないと言い切った三橋ですら、本気だと知った時点で別れを決めた人だ。その前原に、融を受け入れる選択肢があるとは思えない。週明けからの前原の態度は、あくまで融は後輩でしかないことを無言で伝えていた。

何事もなかったように、歓迎会の日までの融に戻る。それが一番でそうする以外にない。月曜日の夜にはそう決めて、早々に気持ちを切り替えたはずだった。諦めるのに多少の時間がかかったとしても、割り切るのは昔から得意だから、表面上は以前と同じ先輩後輩に戻れるはずだと思っていた。

……なのに、時折どうしようもなく前原を問いつめたくなるのだ。どうして態度を変えないのか、なぜあの夜、融にキスをした上にそれをなかったことにしたのか。

口に出せない問いは融の中で膨らんでは萎《しぼ》んでを繰り返し、今になっても消えない。諦めようと思う端からもっと自分を見てほしいと、まだ近くにいたいと泣きたいような気持ちで願ってしまう。そのたび、好きなのは自分だけだと思い知らされる。

少しでも近くにいたいのに、近すぎて心が苦しい。けれど、離れることを思うだけで胸が痛くて泣きたくなる。そんなジレンマに振り回されていたから、課長から担当先を言い渡された時にはほっとした。

（当面は挨拶回りだが、そっちは西山と行ってくれ。午前と午後で予定を分けて、どっちかで前原についていくように）

半日だけの別行動という指示は、折衷案だと思えたのだ。完全に離れるのでなく、少しだけ距離が空く。それで気持ちが落ち着けば、少しずつでも諦められるはずと期待した。

けれど、蓋《ふた》を開けてみたらまるで無意味だ。西山といても前原ならここでどう言うだろう、どこを見るだろうと考えてしまうし、飛び込みで回っていても気がつくと前原の言葉を思い出している。注意されたことや教わったことが脳裏によみがえるたび、自分の気持ちを思い知らされている……。

「田阪さん。ちょっと」

複雑な気分で閉じられた受付の前を通った時、事務室の奥から声がかかった。重い足を止めて待ちながら、融は奥から出てきた相手を認めて身構える。

東野《ひがしの》とまともに顔を合わせるのは、例の歓迎会以来だ。東野の方も、以前ほど営業に関わってこなくなったという。西山やアシスタントが注意したらしいから、それが気に入らなかったのかもしれない。

「……何かありましたか」

「大アリです。午後に田阪さん宛に電話が入って、個人的な連絡先を知らせてくれって言われましたよ。これ、先方のです」

言うなりひらりと渡されたメモにはいつかの元同僚の苗字と、携帯ナンバーとアドレスが記されている。

会社名は言わなかったはずだが、いったいどこから知れたのか。メモを眺め目を細めていると、「あのですねえ」と棘《とげ》のある声が言う。

「どうでもいいですけど、個人的な連絡先交換に会社通さないでくれません？　こっちも結構忙しいんで、そんな電話まで相手してらんないんですよね」

「わかりました。今日中に連絡はしておきます。次回かかってきた時は、無視してもらって構わないんで」

「こっちも暇じゃないんで、次回がないように処理してください。結婚式の日取りがどうこう言ってたから、ちゃんと話せばすぐ終わるんじゃないですか？」

「結婚式」

どういうことだと思っているうちに、東野は大股で事務所へと戻っていった。結構な勢いで閉じたドアを一瞥《いちべつ》し、手の中のメモをスーツのポケットに突っ込んでから、融はエレベーターホールへ向かう。

まさか会社に電話してくるとは思わなかったが、これに関してはあの時曖昧《あいまい》なことを言った融も迂闊《うかつ》だった。歓迎会での東野といい、今後は言葉に気をつけよう。

六階で、まずは前原に帰社の挨拶をする。急ぎ自席でまとめた一日分の報告書を提出し、そのままミーテイングに入った。口頭での質問を受けて注意や助言を貰《もら》う間にも、前原のデスクの上に積み上がった未処理の書類が目につく。

「明日は午前中西山に同行、午後は飛び込みだな。くれぐれも、先方に失礼がないように。――他はないか」

「大丈夫です。あと、今日も少し残ります。マニュアルと、他に資料で確認したいことができましたので」

融の返答のあと、ふっと間が空いた。妙なことを言っただろうかと思い返していると、低い声が言う。

「わかった。あまり無理はしないように」

ほっとしながら頭を下げて席に戻ると、今度は西山のところに明日の確認に向かった。取引先の情報を貰ったあとは飛び込みの感想を聞かれ、助言をいくつか貰ってから荷物をまとめて資料室へ向かう。

持ってきた書類をテーブルに並べたところで、紛れていた手書きのメモに気づく。先ほど、東野から渡されたものだ。

「結婚式って何なんだよ……」

面倒だとは思うが、また会社に連絡されるのは真っ平だ。帰ってすぐに応対することにして、ひとまずメモをスーツのポケットに押し込んだ。

その日のうちに、融はメモの連絡先に電話を入れた。もちろん、こちらのナンバーを非通知にした上でだ。

元同僚の用件は簡単で、「彼女に連絡しろ」というものだ。しつこいと思ったらやはりそれかと納得し、はっきりと断った。

（連絡するほどの用はないから遠慮するよ。それと、会社に私用で電話するのはやめてほしいんだ。迷惑がかかるし、訊かれたら嫌がらせだって報告するしかなくなる。そういうの、そっちも困るだろ？）

そう告げると、通話の向こうの元同僚は「何の冗談だよ」と乾いた笑いをこぼした。

（嫌がらせはないだろ？　オレたち、結構仲良かっただろうに）

（もしかしておまえ、まだ前のことにこだわってんのかよ。もう過ぎたことだし、いい大人なんだから水に流せよな）

（彼女、ずっと泣いてるらしいぞ。おまえのこと気にしてるし、電話くらいしてやってもいいんじゃないのか）

切々とした訴えに、物言いは柔らかくしたものの拒否の意志ははっきり告げた。うんざりして通話を切るなり、元同僚のナンバーを着信拒否設定する。適当に聞いていたせいで彼女のナンバーは記憶になく、覚えておけばそちらも拒否設定できたのにと少しばかり後悔する。

それで終わったと思っていたのに、三日後の定時間際に帰社したとたん、融は再び東野に呼ばれた。

「また電話きたんだけど？　今度は女から」

「女？」

もはや取り繕う気もないらしく、東野は吐き捨てるように言う。そのくせ、顔は妙に笑っていた。

「連絡は当日中にしましたし、会社にかけてくるなとも言ったんですが」

「かかってきたもんはしょうがないだろ。いくら私用電話だって勝手に切るわけにはいかないし、連絡先教えてくれって泣きだすしさ。あんたいったい何やらかしてんの」

「今日中に連絡して、再度念を押しておきます。迷惑をかけて申し訳……」

「うん。迷惑だし仕事の邪魔なんで、あんたの携帯ナンバー、先方に教えといたから。あとは自分で何とかしろよな」

　切り込むような台詞《せりふ》を耳にして、融は目を細めた。

「携帯ナンバーって、東野さんに教えた覚えはないけど？」

「履歴書見たら一発でわかるし。オレがいなくなったあとで他の社員に電話の相手させるの、気の毒だからね」

「気の毒も何も、それは就業規則違反——いなくなる？」

「オレ、今日でここ辞めるんだ。もっとでかい会社で営業やることになったから、ここの規則がどうでも関係ない」

　絶句した融をよそに、東野は機嫌良く続けた。

「田阪さん見ててさー、前んとこで飛び込みやらされたの思い出したんだよね。面倒だし感じ悪いこと多いししょぼいしで、ここで営業やっててもいいことなさそうじゃん？　で、じいさんに頼んでみたら、すぐ別のとこ見つけてくれたんだ。今度は研修なしで、即営業行き。入社したらすぐ取引先を持たせてくれるってさ」

「……へえ」

「もう会うことはないだろうけど、せいぜい頑張れば。あとさあ、僻《ひが》んでないで結婚式くらい出てやれば？　振られたのをいつまでも根に持ってるって、陰湿すぎるんじゃないの」

　半笑いで言うと、東野はさっさと総務部に戻っていった。

　呆気に取られて東野を見送ってから、融はエレベーターホールへと向かう。

　あとを追って文句を言うのも面倒だったのだ。報告すればそれなりの処分はあるのかもしれないが、今日付で退職すると言うなら意味はない。ついでに職場に迷惑をかけるより、自分の携帯に被害があった方がずっとマシだ。

エレベーターの階数表示が「1」になるのを待ちながら、心の底から疲労を覚えた。

電話をかけてきたのは、例の彼女だ。他に候補がいないではないが、泣きながらであればまず間違いない。元同僚から情報が流れたのだろうが、何を思って今さら融を追い回すのか。近く結婚するようだが、それも融には関係のないことだ。そもそも招《よ》ばれる理由がない。

悶々《もんもん》と考えて、けれど営業フロアでいったん思考を打ち切った。自席で報告書を仕上げて顔を上げたところで、ちょうど帰社したらしい前原が入ってくる。

融が声をかけようと立ちあがりかけたとき、前原は背後にいた三橋を振り返った。何やら話し込む様子に、終わるのを待つつもりで腰を下ろしたら、こちらを見た前原に「田阪」と名を呼ばれる。

「報告書は上がったか」

「はい、できてます」

「わかった。先に資料室に行ってろ。俺もすぐ行く」

反射的に頷いてから肝が冷えた。あれだけぎくしゃくしていた最初の頃から昨日まで、ミーティングは必ず前原のデスクの前、つまり周囲にオープンな場所でやっていた。わざわざ鍵のかかる資料室でと言われてしまうと、何かあるのだとしか思えない。

大股でデスクに戻った前原は、相変わらず表情が薄い。こうなったら覚悟するしかないと、融は報告書を手に資料室へ向かう。いつものテーブルに書類を置いたものの、座る気になれず立ち尽くしていた。

「座って待ってろ」

数分後にやってきた前原は、融を見るなりそう言って資料室の奥へと向かった。さほど間を置かず戻ってくると、おもむろにドアに鍵をかける。

金属質なその音が、いつになく大きく聞こえた。緊張で固まった融をよそに、前原は何も言わず融の向かいの椅子に腰を下ろす。「見るぞ」の一言とともに報告書を手に取り目を通し始めた。今日の融の仕事内容は、午前中には西山と一緒に今後融が担当する予定のクリニックや営業所三か所に出向き、午後には飛び込みでの営業を七件ほど回っている。

「午前中の担当先での問題は？」

「今のところ、特にはないです。あと二回ほど西山さんからフォローがいただけますから、その間に引き継ぎができればと」

「なるほど。西山とはうまくいってるようだな」

「はい。いろいろ助けていただいています」

　気のせいか、前原の視線が強くなる。手にしていた報告書をテーブルに戻すと、おもむろに融を見た。

「それで？　まだ話す気にならないか」

　ごく静かな声に、つい顔を上げた。シルバーフレームの眼鏡越しに見つめられて、融はひとつ息を呑む。

「先週からずっとおかしかったが、四日ほど前からまた様子が変わっただろう。今も、今朝とは違うようだ。いい加減、ひとりで考えていてもどうしようもないんじゃないのか」

「……すみません。個人的なことなので」

　泣きたいような気持ちで、「どうして」と思った。

　四日前は元同僚から、今日は先ほど例の彼女から電話がかかってきたことを知らされて、それなりのダメージは受けた。けれど、なぜ前原がそれに気づくのか。

　再就職したての頃は精神的に参っていたから別として、融は自分のマイナスの感情くらい隠せるはずだ。実際、退職直前に顔を合わせた大学時代の友人たちの誰ひとりとして、融が精神的に追いつめられていることに気づかなかった。

　どうしてか、前原だけが融の変化に気づくのだ。歓迎会の日にしても融自身いつも通りにしていたし、これまでなら誰にも知られずやり過ごせたはずだった。

　気づいても、知らないフリをしてくれればいい。なのに、この人は理由も言わない融を気にかけて、時間を取ってきちんと話を聞こうとしてくれる。

　何もかも言ってしまおうかと、頭のすみにそんな考えが閃《ひらめ》く。歓迎会の夜のキスを覚えていること、そのあと自分の気持ちに気づいたこと。そして、前の職場のごたごたがここまで追いかけてきたこと。そのすべてをぶちまけて、だからセフレにしてくださいと頼んだらどう答えるだろう。

　告白してふられた方が、いいのかもしれない。もつれていた糸がほどけるように、融は思う。

　はっきり言われてしまったら、もう諦める以外どうしようもなくなる。気まずくなる可能性はあるだろうけれど、三橋への態度を見る限り、露骨に避けられたり嫌われたりすることはないはずだ――。

「あの」

　思い切って言いかけた時、ドアがノックされた。続いて聞こえた声に、融は声を呑み込む。

「前原さん？　すみません、例の見積もりなんですけど、確認いいですか」

「……すぐ行く」

　一拍間を置いて、前原が言う。ため息混じりに腰を上げ、テーブルの上の報告書を融に戻してきた。するりと伸びかけた手が途中で止まり、すぐに戻っていく。

「今日はここまでだ。また明日、話を聞く」

　融の返事を待たず、前原は資料室を出ていった。

　先ほど伸びかけていたあの手は、融の頭を撫でるはずだったのだろうか。もしかしたらまだ、あの頃に戻れる可能性があるのだろうか……？

「――」

　虚脱したように、動けなくなった。テーブルの上の報告書をぼんやり見つめて、融はどうしようと思う。

　告白せずにどうにか諦められれば、前のような関係に戻れるかもしれない。けれど諦められなかったら、きっと疎遠になる。

　告白して諦めれば、少なくとも三橋のように日常的に雑談するくらいにはなれるだろう。諦められなかったら――それこそ自分でもどうしようもない。

堂々巡りの思考に辟易《へきえき》して、融は席を立った。報告書や資料をひとまず邪魔にならない棚に片づけて、直接廊下に繋がるドアからエレベーターホールに出る。目についた自動販売機で温かいコーヒーを買い、柱に寄りかかって短く息を吐いた。

そういえば例の彼女に電話もしなければならないのだと、エレベーターから降りてきたらしき女性の声を聞いて思い出す。見つからないようにその場でやり過ごすと、エレベーターでひとつ上の階に上がった。目的地は、例の非常階段だ。

この非常階段は滅多に人が立ち入らない場所なのだそうだ。夏は暑く冬は寒く、昼間の日差しは遮らない上に思い切り西日が当たる。上階に分煙されたラウンジがあるのにわざわざ行く人間の気が知れないと話していた。

そろそろ二十時近い今、非常階段は真っ暗だ。とはいえ、明かりを点けたらここに人がいるとバレてしまう。

細く開けた隙間から出て、できるだけ静かに扉を閉じる。闇の中、手摺りまで行く気になれず扉に凭《もた》れてコーヒーのプルタブを開けた。

思っていたより長くぼうっとしていたのか、コーヒーは温かった。晩秋のこの時刻は昼間の暖かさとは裏腹に冷え込んでいて、スーツの上着を持ってこなかったことを後悔する。

——担当を持った以上、近いうちに指導役との関係は終わる。独り立ちしてしまえば他のスタッフとは朝礼と帰社後に顔を合わせるだけになる。後輩として教えを乞うことはできるにしても、多忙な前原にそうそう時間を取ってもらうわけにはいかない。

どう転んだところで、今よりも前原との繋がりは薄くなるのだ。それに、前原は西山のように後輩を飲みに誘ったり、構ったりするようなたちでもない。

気に入られていると周囲に思われていたが、前原は融に個人的な連絡先を教えてくれない。飲みに誘われたのも一度きりで、自宅に泊まったのは不可抗力だった上に次はないと断言された。それなら仕事で関わろうにも、新人の融にベテランの前原と組むような仕事はまず回ってはこない。三橋のように優秀な成績を出せれば話は別だろうけれど、それはずいぶん遠い話だ。

扉から、頭や肩に冷気が伝わってくる。何となく頭を冷やしたくて、融はそのまま動かなかった。

「全然、諦める方にいってないしなあ。ここは思い切ってセフレに立候補してみる、とか?」

こぼれた言葉の、投げやりな響きに失笑していた。

ベッドの上で交わしたキスは、状況だけ見れば合意だった。それを、なかったことにされたのだ。かつてつきあっていた三橋とでは比較にもならないのは当然だし、万一前原がその気になったとしても融本人がセフレという立場に耐えられる気がしない。すぐに本音がバレて終わるに決まっていた。

最後の一口をため息と一緒に呑み込んだ時、下の方で非常扉が開閉する音が聞こえた。けれど明かりは点かず、階段を上り下りする音もしない。

自分以外にも物好きがいたらしいと妙な同類意識を感じながら、融は空になったコーヒーの缶をスーツのポケットに突っ込む。呼吸をひそめたついでに気配も殺した。誰にも、融がここにいるのを知られたくなかった。

「じゃあさ、あんたんちに泊めてよ。そのくらい当然だよね?」

不意打ちで耳に入ってきた声に、呼吸が止まったかと思った。手のひらで自分の口を覆って、融は無意識に耳を澄ませる。

「よくわからないやつだな。それで何がしたいんだ」

「何がも何も、ふつーだろ。好きな相手の部屋には泊まりたいもんなんだよ。あ、単に泊まるだけじゃ駄目だからな。あんたの添い寝つきでよろしく」

「――他に要望は?」

「え、まだ希望言っていいんだ? 気前いいなあ」

くすくす笑う声は三橋のもので、上機嫌なのが伝わってきた。

仕事中の三橋は、前原に対してきっちり敬語を使う。なのに今は親しげに崩れていて、それを前原も受け入れている。つまり、今の彼らがプライベートだということで――。

そもそも、何でこのふたりがここにいるのか。空白になった頭の中に浮かぶのは、その疑問と今の会話と、かつて耳にした言葉だ。

（今後、個人的な連絡はいっさい受けない）

前に非常階段で話を聞いてしまった時、前原は三橋にそう言っていた。

前原は有言実行の人だ。相手が取引先だろうと営業部の誰かであろうと、新人の融であっても、いったん口にしたことは必ず実行する。いい加減なことはけして言わない。

だったら――今の会話は……。

考える前に、自分で自分の耳を塞いでいた。何の音も聞こえないように、痛いほどの力で耳朶《みみたぶ》を押さえつける。強い痛みに耳鳴りのような音が始まったけれど、それもどうでもよかった。ただ必死で、両手に力を込める。

どのくらい、そうしていただろうか。顔の両側にじんじんとした痛みを覚えて、融は我に返った。目の前の闇を見つめて二秒後に、今自分がどこにいて何をしていたのかを思い出す。

強く押さえすぎたせいか、耳朶の感覚がなく音らしい音も聞こえない。自分の呼吸する音が届くばかりだ。

「……――」

ひとつ息を吐いて、融はゆるゆると両手の力を緩めた。一気に感覚を取り戻したせいか、耳が熱くて痛い。誰の声も聞こえなかった。耳を澄ませてみても足音はなく、気配も感じない。

どうやら、三橋たちはもうビルの中に戻ったらしい。

全身から力が抜けて、かくんと膝が折れた。扉に凭れ耳を手で覆ったまま、融はずるずると座り込む。尻から大腿《だいたい》の裏に伝わってくる冷たさに、つい身震いした。

スーツが汚れるから駄目だと思うのに、その思考が他人のもののように遠かった。夜空は闇が深かったけれど、ビルの周囲がそこそこ明るいせいか目につく星は少ない。

「そっか。……より、戻したんだ」

泊まりたいとねだる三橋と、他に希望はないのかと問う前原と。あの会話だけで、ふたりの関係がただの同僚ではなくなったことがわかった。

「本気の相手は駄目なのによりを戻したって、今度もセフレかな。けど、そういうの前原さんぽくない気がするし」

三橋が本気で追いかけていたことくらい、前原は承知しているはずだ。きっと、前原なりの仁義があるからこそ本気の相手とはつきあわないと決めていたのだろう。

その前原がもう一度三橋とつきあうというのなら、本気だと考えるのが妥当だ。案外、いったん別れたからこそ気がついた部分があったのかもしれない。

「適当な相手とキスしてみて、初めて気がついた、とか？」

要するに、先ほどのあれが融にとって最初で最後のチャンスだったわけだ。そんなもの、今になってわかったところで無意味だけれども。

「……それ以前に、そもそも相手にされっこないよなあ、おれみたいなの」

まだ痛む両の耳朶を撫でると、かえって痛みを強く感じた。腰を上げ、冷えたスラックスの尻を払って、融はもう一度夜空を見上げる。

（だからってこのまま諦める気もないけどね）

いつかの三橋の言葉を思い出す。

融にとって、はっきりものを言う三橋は眩しい存在だった。特に、前原への想いを聞かされるたび、自分にはないものを見せつけられたような気がした。

理由は簡単で、融はそんなふうに人を想えないから――想うことを、ずいぶん前にやめてしまったからだ。だからこそ前の職場で再会した彼女と、何の抵抗もな

く友人に戻ることができた。

彼女を思うから庇ったのかと訊かれれば、純粋な意味では頷けない。断るのが面倒だったのと、間に立つくらいなら構わないだろうと軽く考えているうちに、事態が悪化してしまっただけだ。気がついた時には言い訳も聞いてもらえない状況になっていて、仕方なくそれに対処していただけだった。

逆に言えば、再会した時に彼女に素知らぬ顔をされていたら――向こうから誘いの声がかかっていなければ、挨拶するだけの関係で終わっていただろう。

そんなふうに適当に過ごすことに慣れていたから、前原を好きだと自覚してからもその気持ちを持て余すばかりだった。前原がどう思うか、どんなふうに感じるかも考えられず、自分の思考に囚われていた。自分の変化を前原が気にかけてくれているのがわかっていても、ひっそり喜ぶだけで何もしなかった。

ついさっき告白寸前までいった時だって、自分が諦めるためにとしか考えていなかったのだ。

けれど、三橋は違う。まだ出会って間もない融の前で、他でもない前原を守るために自分の気持ちを明言した。まっすぐに前原に想いを告げ、よそ見することなく追いかけていた。

どうしたって、敵いっこない――。

「諦めるしか、ないよなあ」

言葉になったつぶやきは、これまでとは違う響きを帯びていた。

気持ちを落ち着けて戻った資料室のドアは、すでに施錠されていた。

ぎょっとして、急いで営業部のドアに向かった。

途中で確認した腕時計は、すでに二十二時を回っている。考えてみれば、ずいぶん長く非常階段で蹲《うずくま》っていた気がする。おまけに頭の中がいっぱいで、ろくに時間を見ていなかった。

財布と鍵と定期券はポケットにあるから営業部が施錠されていても帰宅するのに問題はないが、できれば明日の予定に備えて必要な資料を持ち帰りたい。そんな祈りが通じたのか、ドアノブはすんなり回った。

「お？　田阪じゃないか。まだいたのか？」

「課長こそ……他のみなさんはもう帰られたんですよね？」

「おう。きりがないから尻叩いて帰したぞ。おまえももう帰れよ」

「はい。あの、すみません、資料室にだけ寄らせてください」

　許可を取り、中から続くドアで資料室に入った。棚に置いていた自分の荷物を回収し、営業部に戻って帰り支度をする。課長も身支度をして席を立った。

「ところでおまえ、どこで何やってたんだ」

「ちょっと休憩のはずが、居眠りを……」

　咄嗟《とっさ》の言い訳の稚拙さに首を竦めた融だったが、課長は「へえ」と笑っただけだ。おもむろに融の頭を押さえたかと思うと、後ろ髪を下へと撫でるようにされる。

　前原の手とは明らかに違うのに、懐かしくなった。つい見上げた融に、課長は呆れたように言う。

「どこに寄っかかってた？　髪が跳ねてる上にえらく冷えてるぞ。寝てもいいが、場所は選べ。風邪でもひいたらどうする」

「すみません。気をつけます」

　追及されなかったことに安堵して営業部を出ると、課長が施錠するのを待った。別行動も失礼だろうと、そのまま一緒にエレベーターに乗る。

　ビルを出てからも、最寄り駅までは一緒だ。この時刻にも拘《かか》わらず人通りの多い歩道を歩いて、駅前で別れることになった。

「頑張るのはいいが、無理はすんなよ。あと、何かあったら相談しろ。前原に言いづらいこととか、な。あいつ、実は相当気にしてるぞ？」

　最後に付け加えられた言葉にびくりとした融を見下

ろして、課長はにやりと笑う。ぽん、と融の頭に手を乗せてきた。

「あいつも、完璧に見えて実はそうでもなかったりするからなあ。案外、俺の方が頼りになるぞ？」

そのまま頭をかき回されて、つい苦笑した。

「ありがとうございます。でも、前原さんがどうこうじゃなく自分の問題なんで。どうしようもなくなったら相談させてください」

「おう。いつでも言ってこい」

頷いた課長は、融の頭をぐるりと撫でて離れていった。融とそう身長が変わらないのに大きく見える背中が雑踏に消えるまで見送って、融は自分が使う駅構内へと足を向ける。

「うん。大丈夫、だ」

わかりきっていたことを、はっきり突きつけられただけだ。その方が、諦めるには都合がいい。

電車が来るまで、まだ時間がある。確認だけでもと留守録サービスに繋げて耳を当てた融は、最初の一声で例の彼女だと知って顔を歪めた。そういえば、この電話のナンバーを知られてしまったのだ。どうやら、さっそくかけてきたらしい。

久しぶりに聞く声は、どういうわけだかすでに涙声だ。どうにも聞き取りづらい言葉を拾っていくにつれ、渋面になってしまう。

近く結婚披露宴があるから招待したい。どうしても来てほしい。

長く回りくどい彼女の言い分は、要約してしまえばその二文に尽きた。

10

高校三年の夏、偶然女の子たちのお喋《しゃべ》りを聞いてしまったことがある。

受験生となって引退した、かつて所属していたバスケットボール部の部室にちょっとした用があってたまたま出向いた。部活中の部室が施錠されていることを思い出した時はもう入り口の前に来ていて、無駄足だったとため息をつきながらおまけのつもりで引いてみたら、すんなり開いてしまったのだ。

不用心さに呆れて、誰か戻るまで留守番することにした。奥にある雑誌を暇潰しにひっくり返しているうちに居眠りしてしまい、がたがたという音と人声で目が覚める。そうして最初に耳に入ったのが、「融《とおる》先輩のことなんだけど」という声だったのだ。

（優しいんだけど、何か物足りないの。何がって言われると答えづらいんだけど）

声だけで、すぐに誰だかわかった。当時の融の彼女で、バスケ部のマネージャーでもあった下級生だ。融の前では甘えたふうに上がる語尾がやけに平坦だったけれど、間違えようがなかった。

（それ、わかるー。優しいし見た目も悪くないんだけど、ひと味足りない感じ？）

（ひと味って何味？）

（えー、男っぽさとか？　頼りがいとか？）

きゃあきゃあと続く声は、彼女と一緒にマネージャーをしている子だ。けれど、こんなふうに蓮っ葉な喋り方をするのを初めて聞いた。

（でね、実は今日六組の新島《にいじま》くんに告白されちゃって、どうしようかなーって）

（どうしようって、田阪《たさか》先輩捨てて新島くんに行っちゃうんだ？　それって悪女のしわざー）

（そうは言ってないでしょ！　けどほら、新島くんて

格好いいし、優しいしー。はっきりきっぱりしてるところがいいなーって）

（田阪先輩って優しいけど、それだけだもんねえ。別にいいんじゃない？　好きな人ができましたで、先輩にはごめんなさいしちゃえば）

　話の行方を、固まったままで追いかけていた。つきあった彼女に他の相手ができたという理由で振られたことはあるが、リアルタイムで進行するのを聞くのは初めてだったのだ。

（それってひどくない？　だったら受験の邪魔はしたくありませんって言った方が）

（そこまで気にしなくてもいいと思うけどなあ。あのさあ、あんたには言ってなかったけど田阪先輩って、アレよ？　ツナギの人っていうか、代理の人）

　意味がわからず、眉を寄せていた。それでも彼女がどう答えるのか気になって耳を澄ましている当時の融を、それが夢だと知っている今の融は少し上から見下ろしている。無駄と知りつつ、聞かない方がいいぞと忠告してみた。

　わかりきったことだが、今の融の声は届かない。結果、高校生の融は最低な言葉を聞くことになったのだ。

（知ってるよー。先輩って前の彼女にも、その前の彼女にもツナギにされたんでしょ？　優しいし何でも言うこと聞いてくれるから、別れるのも簡単で便利って）

　翌日、予定通り任されて間もない取引先を西山《にしやま》と一緒に回った融は、午後には単独で飛び込みの営業に出た。

　都合がつけば一緒に摂《と》る昼食だが、今日は西山に急ぎの連絡が入ったため融ひとりだ。適当な喫茶店の席で平らげたランチを前に、たった今強引に通話を切ったばかりのスマートフォンを睨《にら》んでいる。バイブレーションと同時に画面に表示されたのは、保険のつもりで登録しておいた十一桁の数字——例の彼女の携帯ナンバーだ。

「人の都合とか、関係ないんだな」

　冷めた口調で言って、融はスマートフォンの電源を落とした。仕事用の携帯電話は会社のものだし、私用の方に連絡をしてきそうな相手といえば実家の家族か高校までの友人くらいだ。全員メールアドレスを知っているから、繋がらなければメールしてくるだろう。

　スマートフォンを鞄《かばん》のポケットに押し込んで、融は目の前にある食後のコーヒーに手を伸ばす。電話の最中に届いたせいか、ぬるいを通り越してすっかり冷えてしまっている。

　昨夜留守録を聞いた時点では、帰宅後すぐに電話をするつもりだったのだ。けれど、融が自宅アパートに着いたのは二十三時を回った頃で、これからあの声を聞くのかと考えただけで気力が萎えた。せめて夕食と風呂をすませてからにしようにも、それでは日付が変わってしまうのも目に見えていて、だったら翌日に持ち越すことにしたのだ。

　そそくさと必要なことをすませてベッドに入って、見た夢が高校三年の時のあれだ。過去の話なのに、目が覚めたとたん「何でだ」と呻《うめ》いてしまうくらいダメージが大きかった。

　それでも必死で出勤し、午前中の仕事をこなして電話した。もはや意味がないので非通知にはせず、食後のコーヒーが届いたら即ぶち切るつもりで通話ボタンを押したのだ。まさか、開口一番からすでに泣いているとは思いもせずに。

「言ってることが意味不明だし」

　しゃくりあげながらの言葉はほとんど聞き取れず、およそで見当をつけた内容は昨夜の留守録メッセージと同じレベルだった。そんなものにつきあう義理もなく、必要最低限の内容だけ告げた。

　結婚披露宴には招《よ》ばれる理由がないから行かない、迷惑だから会社には連絡しないでもらいたい。たったそれだけを伝えるのに、どうしてあんなにも時間を食ったのか。思い返してみてもよくわからない。

「お代わりはいかがですか？　サービスです」

「ありがとうございます、いただきます」

　飲み干したカップを置き、社用の携帯電話を開いたところで、そんな声がかかった。顔を上げると、つい先ほどコーヒーを持ってきてくれた老婦人がコーヒーポットを手に立っている。融が礼を言うと、笑顔で注いでくれた。

　とりあえず、言うことは言った。また電話は入るだろうが、あとは仕事が終わってからだ。向こうはいつでも構わないのかもしれないが、そんなもの合わせていられるはずがない。

　短く息を吐いて、融は社用携帯電話に目を向ける。操作して開いた画面に表示されているのは、「前原《まえはら》」の文字だ。

　もっともこれは個人的なナンバーではなく、融のそれと同じく会社に支給された仕事用のものだ。忘れないうちにと、融はランチをオーダーしてすぐに昼休憩時の前原への報告をすませていた。

　今日の朝礼での前原は、いつもと同じ薄い表情をしていた。終了後に挨拶をし、今日の予定を告げただけで、融は西山に呼ばれて離れたのだ。営業部を出る前に見た時、前原は三橋《みはし》と何やら打ち合わせをしていた。

　一瞬目にしただけなのに、胸に太い杭を食ち込まれたようだった。

　……昨夜、三橋は前原の自宅に泊まったのだろうか。寝室のあのベッドで、前原と一緒に――？

　そこまで考えて、慌てて首を振った。下世話すぎるし、何より前原と三橋に失礼だ。きつく自分を戒めて、苦笑する。

　前原や三橋にあんなによくしてもらったのに、どうして自分はこうなのか。これが恋愛というものなら、融の過去のあれこれは違っていたのかもしれない。

　ぼんやり考えた果てに行き着くのは、あのふたりがお似合いだということだ。納得したはずがまだうだうだしている自分に、つくづく呆れてしまう。

何も考えたくない時は、目の前のことに没頭するのが一番だ。当たって砕けろの精神で予定の飛び込み営業をこなしていったら、うち二件で予想外にいい感触を得た。実際に取り引きに至るかどうかはわからないが、可能性が出ただけで十分だ。

憂鬱《ゆううつ》な気分を少しだけ浮上させて、融は徒歩で会社へと向かう。予備のカタログがずっしり重いが、今日は少し軽く感じた。ひとまず今夜の夕飯は気持ちだけ豪華にすることに決める。

ビルに辿りつき、正面玄関から中に入った。受付は閉じているが事務所は開いているようで、一階ホールはまだ明るい。展示室の横を通り過ぎながら、そういえば触っておきたい機器がいくつかあったのを思い出した。

営業の成果がほんのわずかだがあったことで、浮かれていたのだ。そのせいで、喫茶コーナーで人影が立ち上がるまで気づかなかった。

「融くん」

聞こえてきた声に、耳を疑った。ぎこちなく顔を向けた先でもう二度と会う気のなかった彼女の姿を認めて、融は呼吸を止める。

「何で、ここ——」

「だって……電話、出てくれないから」

「仕事中に出られるわけないだろ！」

自分でも、苛立った声だとわかった。案の定、彼女はその場で身を竦ませてぼろぼろと泣きだしてしまう。視線と気配を感じて目を向けると、総務部の面々がこちらを見ていた。

小さく息をついて、融は社用の携帯電話を取り出す。前原か課長か悩んで、ここはと思い課長のナンバーを表示した。

「すみません、個人的な知り合いが来ているんですが、帰社が遅れてもよろしいでしょうか」

『あー、女の子が来てるんだってな。もう定時過ぎてるし、一時間くらいなら構わんぞー。ただし、残業にはカウントしないからな』

「もちろんです。……あの、前原さんには」

許可が出たことに、心底ほっとした。ついでとばかりに懸念を口にすると、課長はそちらもさっくりと采配する。

『伝えておこう。昼の報告はしてあるんだろうし、残りは報告書で構わんだろ。あいつが忙しけりゃ俺が聞くしな』

「わかりました。なるべく急いで戻ります」

『おう。頑張れよ』

笑ったような声とともに、通話が切れた。息を吐いて、融は今度は事務室へと向かう。カウンター越しに声をかけた。

「ご面倒をおかけして申し訳ありません。今後はないようにしますので」

「ああ、うん。いいけど、……大丈夫なの？」

返事をくれたのは、一番近くの席にいた年輩の女性社員だ。気にかけるような視線の先にはしゃくりあげている彼女がいて、いたたまれなくなる。

「――大丈夫です」

「そう？　だったらいいんだけど」

半信半疑の声を背に、融は喫茶コーナーに引き返す。半ば強引に彼女を促し、正面玄関から外に出た。

「……あの……」

「いいからもうちょっと歩いて」

泣きながら言う彼女を引っぱるように歩いて、目についた路地の端で足を止める。商用ビルと住宅の塀の隙間のような空間に彼女を押し込め、その前に立った。これで、通行人にも彼女の姿は見えにくくなるはずだ。

「仕事中に連絡されても困るって、電話で言ったよね？」

会社のロビーでの起こった苛立ちは、すでに萎んで消えていた。ため息混じりの声はすでにいつも通りの響きに戻っていて、なのに彼女はびくりと肩を縮める。縋《すが》るように見上げる様子に、こういうところが放っておけなかったんだと思い出した。

「ちゃんと話したくて……」

「そう言われても、仕事中は無理だよ。あと、そうやって泣いてたら何が言いたいのかよくわからない。落ち着いて、ゆっくり言わないと」

「ご、めんなさ――」

謝りながら泣きだした彼女を前に、融は困惑した。泣いている時にあれこれ言ったところで、話が進むはずもない。ひとまず彼女が落ち着くのを待つことにした。

彼女のハンカチがびしょ濡れだったので、ポケットの中にあった自分のものを渡す。受け取って顔を覆った彼女の嗚咽《おえつ》が弱まったのを察して、すぐ傍の自動販売機でミルクティーを買った。プルタブを開け、俯《うつむ》いた顔の下に差し出す。

受け取ったミルクティーの三口目を口に運ぶ頃には、嗚咽はほとんど消えていた。鼻の頭を赤くして、彼女はじいっと融を見上げてくる。

急かしたいのは山々だけれど、それをやったらまた泣きだすに決まっている。出方を待つつもりで見返していると、ようやく彼女が口を開いた。

「あの、ね。電話でも言ったけど、結婚式――披露宴に、来てほしいの。席は用意するけどご祝儀は出さなくていいし、途中で帰ってもらっても構わないから」

「……誰と誰の結婚披露宴？」

「わたしと姫川《ひめかわ》さんなの。姫川さんも、ぜひ融くんに来てほしいって」

「――――」

真面目に答えるのが馬鹿馬鹿しくなった。こぼれそうになったため息を押し殺して、融は彼女を見下ろす。懇願と期待の混じった表情は、まるで状況が理解できていない証拠だ。

「電話でも言ったけど、おれが行く理由はないよね」

「どうして？　わたしたち、お友達でしょう？」

「結婚式とか披露宴って、そもそも花嫁の男友達は招待しちゃいけないらしい」

「じゃあ、姫川さんの方で席を作ればいいよね？　姫川さん、営業で融くんの教育係だったんだし、だったら」
　必死の懇願は、よく知っているものだ。恋人らしいつきあいがあった大学の頃から、友人としてのつきあいを再開し融の環境が激変してからも、何度となく目にした。本人が意識しているかどうかは知ったことじゃないが、彼女がこれを使うのは無理な頼みを押す時に限られていて、そのたび融の方が折れることになった。

　悪い子ではない。おそらく彼女にとっての世界は自分の周りにだけ構築されたもので、融はその中でいくらでも交換できる便利なパーツでしかなかった。だからこそあの時、ほんの少し申し訳なさそうにしただけであいつ——姫川と恋人になったと告白できたのだし、今ここで融にお願いしているのだ。

　結局のところ、これも融の自業自得なのではなかろうか。

　女の子たちの間で「つなぎ」「代理」扱いされていると知った時、融は怒りより先にまず過去の彼女たちの態度に納得した。優しくて何をしても怒らず言うことを聞いてくれる、便利な人間。——そう思いたいなら好きにすればいいと、虚脱感とともに開き直った。

　けれど、融も彼女たちに対してそこまで真剣だったとは言えないのだ。諍《いさか》いが苦手で泣かれると弱くて、結局は折れることで優しくて柔らかい時間を確保することを選んだ。

　裏返せば、言うべきことも言いたいことも言わず、言いなりになって甘やかしていたわけだ。それを当たり前としてきた上での行動だと思えば、納得はできた。

　もっとも、だから今になっても言いなりになれるかといえば話は別だ。

「悪いけど、それは無理だよ」

「どうして？　だって」

「おれはもう二度と姫川さんに会うつもりはないから。後輩とか言われても辞めた会社だし、そもそも親しいわけでもない。招待人数にも限りがあるんだろうから、本当に親しい人に来てもらった方がいいんじゃないかな」

「とおるく……」

「この話はこれで終わりにしよう。あと、職場への電話もだけど直接来てもらっても仕事中は相手にできないんだ。こっちとしても困るから、こういうことはしないでほしい」

　声もなく固まっていた彼女の目から、また涙がこぼれた。ぼろぼろと落ちるそれにうんざりして、融は大きく息を吐く。

「おれはまだ仕事があるから。——これが最後になると思うけど、結婚おめでとう。お幸せに」

　柔らかく言って背を向けながら、優しいフリで切り捨ててしまえる自分に驚いた。

　背後で起きた嗚咽を無視して歩きだしてすぐに、融は足を止める。あまりの間の悪さに、本気で呪われている気がしてきた。

　数メートル先の交差点の、ちょうど街灯の下に前原が立っていたのだ。シルバーフレームの眼鏡は明らかにこちらを見ていて、いつもは薄い表情に物言いたげな色が浮かんでいた。

　そういえば、あの交差点を右に入ったところが社用車用の駐車場なのだ。

　彼女の嗚咽はかなり大きい。今も融の名を、しゃくりあげながら呼んでいる。

　言い訳のしようもない。それに——もう、言い訳する必要もない。

　止めていた足を無理に動かして、融はまっすぐに歩きだす。立ったままの前原の横を通りすぎざまに、会釈をするので精一杯だった。


　営業部に戻って課長に報告と謝罪をすませてから、融は今日の報告書の作成にかかった。

　前原が戻ってきたのは声や物音でわかったものの、顔を上げる勇気はない。その分、音には敏感になっていたようで、課長が前原に融の事情と、一時間ほどは残業に含めない旨を伝えているのが聞こえてきた。

「で、おまえも今日遅かったし、書類もあるだろ？　田阪のミーティングは俺が見るから」

「いえ、大丈夫です。自分がやります」

「いや待てって。おまえ、例の移転のやつ詰めなきゃならんだろうが。三橋がきりきり待ち構えてるってのに」

「田阪からは昼時点で報告を受けています。半日分ならたいして時間は取りません」

　呆れの混じった課長の声とは対照的に、前原の声音は冷静だ。相変わらず、何を思っているのかまるでわからない。

　いずれにしろ、ミーティングは通常通り前原とすることになるわけだ。余計なことは考えまいと無理にも頭を切り替えて、融は報告書に集中した。

　仕上げた報告書を手に腰を上げ、前原のデスクに向かう。目を向けてきた前原の、いつも通りの薄い表情にほっとした。

　そもそも前原は他人のプライベートはいっさい詮索しない。変に意識してるのは自分だけで、きっと前原はさほど気にかけていない。そんなふうに思えたからだった。

「お疲れさまです。報告、よろしいでしょうか」

「ああ。その前に場所を変えよう」

「えっ」

　目を瞠《みは》った融の手から報告書を取り上げると、前原は席を立った。数歩進んで振り返り、顎先でついてくるよう促してくる。向かう先は、資料室だ。

　ひとつ息を呑み込んで、融はぐっと奥歯を噛む。そういえば、前原にとって昨日の話はまだ終わっていないのだ。

　ドアを入ってすぐのテーブルに、持ってきた報告書を置く。目につくところに前原の姿がないのは、昨日と同じく奥に人がいないかどうか確認しているのだろう。

戻ってきた前原は融に座るよう促すと、当然のごとくドアの鍵を締めた。融の向かいに腰を下ろし、手に取った報告書に目を通していく。

見た目には、昨日とまるで同じだ。けれど、融にとって状況は大きく変わっていた。

未練がましく諦められないとしても、せめて迷惑はかけないようにする。過剰な気遣いを受けている自覚があるならまずはきちんとお礼を言って、もう大丈夫だと伝えればいい。誰にでもできる、簡単なことだ。

「今日は一件ほど、購入検討といいますか、入浴用のチェアを探しているので、カタログを複数持ってきてほしいと言われました。あとは移乗用のリフトで、デモ機が出せるのなら購入の検討をしたいと」

できるだけ事務的に伝えると、前原は眼鏡の奥で表情を鋭くした。もう一度報告書に視線を落としてから顔を上げ、感心したように融を見た。

「チェアのカタログは明日にでも持っていくといい。うちで扱っているもの全種類だ。リフトについては、デモ機が出せるものと出せないものがあるが、これも一応全種類のカタログを用意した方がいい。あらかじめ、デモ機が出せるものには付箋をつけてすぐわかるようにしておくといい」

「わかりました。この場合、アポイントなしで行っても問題ないでしょうか？」

「再訪問の確約をしているなら問題はないが、できれば明日の朝一番に行ってくるといい。担当者が不在の時は代理に説明するか、それが無理ならカタログと名刺と簡単な手紙を預ける。担当者の次回出勤日も忘れず確認するように」

「はい」

メモを取ったついでに、重要事項の横にマルを入れておく。気になる箇所を再確認してから引き続き報告を終えると、テーブル越しに報告書を返された。

「よくやった。課長にも報告を忘れないように」

「おれが直接、ですか？」

「飛び込みで取った仕事だからな。おまえのことを気にされていたし、喜んでくれるだろう」

　ひとつ頷いて、融は前原を見る。

「そうします。あと、改まって言うのも変かもしれませんけど、ありがとうございます。前原さんに教わったことが、すごく助けになりました」

「おまえが頑張った結果だ。課長や俺には自慢していい。それはそうと、昨日の話だが」

「そのことなんですけど、決着がつきましたから」

　口をついて出た自分の声の穏やかな響きに、融は安心する。シルバーフレームの眼鏡の奥で、前原が目を眇《すが》めるのがわかった。

「……決着がついた？」

「はい。いろいろご迷惑をおかけしてしまって、本当にすみません。でも、もう大丈夫です」

「何がどう決着がついたのか、訊いてもいいか？」

　まっすぐにこちらを見る視線は強く、気圧《けお》されそうになった。それでは駄目だと目元に力を込めて、融は言葉を選ぶ。

「個人的なことなので……前原さんには気遣っていただきましたし、本当に感謝しているんですが、内容までは」

「言えない、か？　それとも、言いたくない、か」

「え」

　尖《とが》った響きは予想外で、咄嗟《とっさ》に言葉が出なかった。ぶつかった視線を逸らせず、前原の気配が変化しているのに気づく。

　どうしてここで前原が不機嫌になるのだろう。意味がわからず、融は必死で言葉を探した。

「そういう意味ではなく、本当にプライベートなことなんです。前原さんには関係ありませんから、わざわざ話すのもどうかと」

「わざわざ話すようなことかどうかは俺が決める。それに、本当に俺には関係ないと言えるのか？」

　平淡な声音の最後に付け加えられた問いに、びくりと心臓が跳ねた。

　そんな言い方をされる理由が、わからなかった。

他人のプライベートに踏み込まないのが、前原のスタンスだったはずだ。和解前の、今回以上の迷惑をかけた時でさえ、この人は融の返答を求めなかった。言いたければ言ってもいいが、言いたくなければ言わなくてもいい。そういう姿勢が透けて見えたからこそ、逆に黙っていられなかった。

　それなのに。

「昨日も訊いたが、俺はそこまで信用できないか」

「そういうわけじゃ……ただ、それとこれとは無関係で」

「そのわりに、西山や三橋にはいろいろ相談しているようだが」

　融はすぐに声を上げた。

「違います！　西山さんとはふつうに雑談してただけだし、三橋さんにはちょっと愚痴を言っただけで」

「なるほど。俺には雑談も愚痴も言えないわけか」

「それも、違います。そういうことじゃなくて」

　言葉が止まってしまうのは、昨日までの自分を思えば反論のしようがないからだ。前原からこんな言葉が出るとは、思ってもみなかった。

　どうすればいいのかと迷って焦る。否定しても駄目なら理由を話すしかなかったが、それはできることなら言いたくない。そう思い、そんな自分に失望した。

「悪かった。口がすぎた」

　重い沈黙の中、前原が言う。聞き慣れたいつもの声音にほっとしながら、先ほどの声も嘘ではないのだと思った。

「一度ゆっくり話がしたい。今日、このあと軽く飲みに行かないか？」

「……すみません。今日は、ちょっと無理なんです」

　頷くべきだと知っていて、どうしてもそれができなかった。

「わかった。それならまた後日に」

　言って、前原が席を立つ。俯いている融の横をすり抜け、資料室を出ていく。

　昨日と違って、前原の手はもう伸びてはこない。その事実が、ひどく寂しかった。


「その顔、どうしたわけ」

翌日の朝礼のあと、課長の指示通り傍まで走っていった融を見下ろして、三橋はあからさまに顔を歪めた。

返事に困って、融は首を傾《かし》げる。

「顔洗う時に鏡で見た感じ、いつもと一緒でしたけど」

「ふーん。自覚なしってことか。で、今日の田阪の予定ってどうなってるわけ」

何やら怖いことを言われた気がしたものの、朝のこの時間にそう余裕はない。融は急いで三橋に自作の予定表を差し出した。

先ほどの朝礼の伝達事項として、今日は前原が急な出張で終日不在と知らされたのだ。こうした時、新人に指導役代理をつけるのがここの通例だとかで、課長から直々に「三橋に任せたからそっち行ってきな。頑張れよー」と激励されてしまった。

指導役代理と聞いた時点で何となく西山になるだろうと思っていただけに、三橋の名を聞いて驚いた。それが顔に出ていたらしく、傍に行った融を見下ろした三橋の第一声は「不満そうだな」だった。続いて「顔をどうした」発言をされた。

「へえ、飛び込みで二件も仕事取ったんだ？　田阪のくせに、案外やるなあ」

「はあ」

どういう意味だと思いはするが、この文脈だと下手に言い返しても遊ばれて終わるのが目に見えている。ひとまず話半分で終わらせて、融は外回りに出た。昨日のうちに準備しておいた荷物を社用車に乗せ、最初の予定に入れていたクリニックへと向かう。

昨日の今日で出向いたのが意外だったのか、入浴用チェアを希望したクリニックも移乗用リフトを望んだ施設も担当者は驚いたあと喜んでくれ、デモ機に関してはぜひともという申し出があった。あらかじめ調べておいた予定を伝え、日程の調整をする。その決定事項を昼休憩に電話で伝えると、またしても三橋に「田阪のくせに」と言われた。もっとも声の調子から咎めているらしいと察しがついたので、聞き流すことにする。

朝から頭のすみに居座って離れてくれないのは、今日不在の前原だ。昨夜の誘いを断ってしまったことを、今になって後悔している。反面、誘いに乗ってどうするつもりだったのかとも思う。

我《わ》が儘《まま》なのはわかっている。けれど、もうしばらく時間が欲しかった。

今の融は、いわば失恋したてなのだ。決定打を聞く前なら淡い期待を持って頷けただろうし、あと数日して今より落ち着いていれば気持ちを抑えて笑えただろう。ただ、昨日だけはどうしても無理だった。前原の前で醜態を見せずにすむとは思えなかったのだ。

(俺はそこまで信用できないか)

何でそんなことを言うんだと、昨夜は思ったし今も思う。この想いはもう叶わないと、諦めるしかないと思い知ったものを、どうして期待させるのかと泣きたくなった。

「おれの往生際が、悪いだけなんだけどさ」

ぽつんとつぶやいて、融は社用車を走らせる。今日は比較的スムーズに動けたため、定時の五分前には車を降りて帰社することができた。

すでに三橋は席にいたため、報告書を仕上げてすぐに持っていった。デスクでざっと目を通した三橋はその場でいくつかの問題点を指摘され、前原や西山とは微妙に違う視点での指摘にこういう捉《とら》え方《かた》もあるのかと新鮮な気分になる。

「ところで田阪、まだ顔おかしいけど、何があったわけ」

「え、まだですか?」

真面目な顔で面と向かって言われて、つい自分の頬を撫でてしまう。

朝言われたことが気になって、今日は特に身だしなみに注意したつもりだ。車を降りる前にはルームミラーで確認し、取引先で手洗いを借りた時には全身のチェックもした。その時、特に問題ないと思ったのだが。

そう言う三橋も、ネクタイや襟がかっちり締まったままだ。西山や課長を始めとした他の社員が見事に崩しているため、営業部内では前原と並んで目立つ。融自身も指導役に倣《なら》っているが、最初からそうしているせいかさほど窮屈だとは感じなくなった。

「おかしい。ま、自分じゃ気づかないんだろうね」

「……そうですか」

断言されて固まった融をよそに、三橋は真面目な顔で言う。

「詳しく知りたいんだったら今日、夕飯につきあいな。どうせ暇だろ」

「おれが、ですか?」

「何、その言い方。オレに誘われたくなかったとか言う気かよ」

ぷいと顔を背けられて、慌てて融は言う。

「でも、前におれとはもう行かないって」

「時と次第によりけりって言うだろ。臨機応変だよ。まさか断るとか言わないよな?」

きれいな顔でじろりと睨まれて、何となくほっとした。

「じゃあ、今度こそおれに奢らせてもらえますか?」

「ばーか。新人が生意気言うな。せいぜい割り勘に決まってんだろ。——んじゃそういうことで、週明けの準備とっととすませなよ。何が何でも二十時には出るからその予定でね」

突き返された報告書を受け取って確かめた時刻はじき十九時を回るところで、急いで席に駆け戻った。必要になるカタログを資料室に取りに行き、依頼のあった価格表を作って誤りの有無を確認していく。

敵わないなと、思った。

何のかんの言いながら、結局は気にかけてもらっているのだ。それは昨日の前原も同じで、だからこそ何とかしなければと思う。

この週末に、どうにかして気持ちを整理しよう。あとの結果がどうなるにしても、きちんと話をしなければならない。

まだ言えないのも言いたくないのも、融の側の勝手な都合だ。前原を不要に悩ませたのであれば、そんなことで待たせていいはずがない。

職場でよくしてくれる先輩に――あんなにも助けてくれた人に、これ以上迷惑をかけるわけにはいかないのだから。


予定通り二十時に仕事を終えて合流した三橋が連れていってくれたのは、いつかのダイニングバーだった。

生来周到なたちなのか三橋は今回も予約していたようで、エントランスで名乗るとすぐに店員が案内に立ってくれた。先を行く三橋についいて歩きながら、融は何となく嬉しくなる。

「ここ、やっぱり三橋さんの行きつけだったんですね」

「まさか。おまえと行ったのが初回で、料理が気に入ったから時々来るようになっただけだ」

「……それ、すでに行きつけって言いません？」

「少なくともオレは言わない」

今日の席は二階になるとかで、少し歩くらしい。席の間に作られた通路を階段へ向かって進みながらちらりと振り返ってみると、三橋はばつが悪そうに歪んだ顔をしていた。

自分でも詭弁《きべん》だと知っていて、それでも認めたくないわけだ。見た目と年齢を裏切る突っ張り具合に、融はつい頬を緩めてしまう。

「三橋さんて可愛いですよね」

「――おまえやっぱりオレを馬鹿にしてるだろ」

「とんでもないです。本音ですし」

至って素直に答えた融をとても厭《いや》そうな顔で見返し

ながら、三橋は階段の手摺りに手をかけた。

「前から思ってたけどさ、おまえオレが先輩だってこと時々忘れてるよな」

「そういうことじゃなくて、誉めてるんですって。たぶん、前原さんも三橋さんのそういうところがいいと思ってるんじゃないですか？」

「は？　何それ」

　呆れ声で問い返されて、口が滑ったことに気がついた。反射的に手で口を覆ったものの、足を止めて振り返った三橋にまっすぐ見据えられては逃げ道がない。観念して視線をうろつかせていると、ゆっくりと三橋が言う。

「おまえ、もしかして一昨日の夜に非常階段に行ったりした？」

「……一応お断りしておきますけど、前の時も一昨日もおれの方が先にあそこにいたんですよ。あとからきたのは三橋さんたちの方です」

「何、そのタイミング。何であんな時間にあんなとこにいるわけ」

「ちょっと頭を冷やしたかっただけです。——すみません、おれ、いちいち間が悪いらしくて」

　呆れるどころか感嘆したように言われて、自分の言い訳が空しくなった。おとなしく頭を下げて謝った融の頭上に、三橋の声が落ちてくる。

「扉の音は確かに聞かなかったしな。ふーん……おまえ、あそこにいたんだ？」

　そこで声は途切れたものの、まじまじと見下ろされる気配は伝わってきた。ややあって、三橋は首を竦めて言う。

「まあ、別にいいけど。あ、でもおまえ、それ前原さんにだけは言わない方がいいよ。一応忠告しとくけど、言うならそれなりの覚悟してからにしな」

「三橋さんたちのプライベートだし、詮索する気はないですよ。何か盗み聞きばかりしてるみたいで自分でも気分よくないですし。……で、ですね。三橋さん、店員さん待ってくれてますから早く行かないと」

「ああ、すみません。すぐ行きます」

階段の踊り場で待っていた案内の店員に謝って、三橋はすぐさま歩きだす。あとを追って歩きながら、こうしていても三橋に対して悪い感情が湧かない自分にほっとした。

もちろん、何も感じないとは言わない。前原への気持ちを自覚してからというもの、ふたりが一緒にいるのを目にするたびにどうしようもない焦燥を覚えたし、今後もそうした感情を持て余すことになるのも目に見えている。

けれど、それと同じくらいに三橋だったら無理もないと思えるのだ。部外者でしかない融の言い分ではないのは承知の上で、諦めるためだけでなくすんなりお似合いだと納得してしまう。

こうやって、目の前で重なっていく事実を確かめていけば――ある程度の時間をかけていけば、いつかこの気持ちも終わらせることができるはずだ。そうしたらきっと、前原や三橋を尊敬できる先輩だと素直に思える時がくる……。

そうやって今日は会えなかった人のことを考えていたから、最初は幻でも見ているのかと思った。

「すみません、待ちました？」

「いや、そうでもない」

「オーダーは、もう？」

「まだだ。そっちで決めていたんじゃないのか？」

三橋が腰を下ろした奥のテーブルに、スーツ姿の前原が座っていたのだ。

固まったように動けなくなった。そんな融に、前原がずっと目を向けてくる。

シルバーフレームの奥の鋭い目に、射竦められた。日が違うとはいえ、前原からの誘いを断っておきながら、三橋と食事に来たことになるのだ。互いの都合上のこととはいえ、前原にすればいい気はすまい。

「いつまでそこで立ってんの。とっとと座れば？」

呆れたように言う三橋はテーブルの上にメニューを広げ、肘をついてこちらを見ている。

仕組まれていたのだと、ふいに気がついた。三橋と前原、どちらが主導かは別として、あえて前原の存在を知らせず融をここに連れてきた。

「三橋さん……」

「何その顔。もう少し喜べば？　三人で食事したいって言ったの、おまえだろ」

いったいいつの話なんだと、言いたくても口に出せない。だからといって、いくら何でもここでやっぱり帰りますとも言えなかった。

観念してついたテーブルは丸く、少なくとも前原の向かいにはならない。見せられたメニューからいくつか選び、それぞれにオーダーをすませる頃には、三橋と前原の会話からおよその状況が見えてきていた。

終日出張だった前原は、ほんの三十分ほど前に最寄り駅に着いたばかりなのだそうだ。新幹線や電車の乗り継ぎの関係で夕食を摂り損ね、帰宅して適当に食べるつもりでいたところに三橋から夕食に誘うメールが届いたという。

それを聞いて、ほんの少し胸が苦しくなる。以前、前原は仕事外の食事やお茶は論外で、残業休憩中の缶コーヒーにすら一対一では絶対につきあってくれないと三橋が言っていたのを思い出したからだ。

（変に期待させる気はないってことだよ。逆に言えば、仕事外で誘ってＯＫが出ればこっちのものだというわけ）

今は仕事外で、ちゃんとした食事だ。恋人同士になれば当たり前の、いわゆるデートというやつだろう。

よくわからないのは、そこに部外者の融が呼ばれた理由だ。

もしかしたら、前原が三橋に頼んだのだろうか。先日聞き出し損ねた融の事情を、今度こそはっきりさせるために？

テーブルの中心になっている三橋が前原や融に振る話題は、仕事中心の共通のものばかりだ。たまに例の病院移転のことも話に上るものの、ふたりとも融に理解できるように話してくれているのがわかる。融の事情を訊くどころか、三橋と前原ふたりの関係を匂わせる素振りすらない。

　そこまで考えて、急に気がついた。

　おそらく、前原の意向でふたりの関係は内密にしているのだ。それなら、三橋の口止めのようなあの言葉にも納得がいく。

　前原はたびたびシルバーフレームの視線をこちらに向けるくせに、口にするのは三橋への応答ばかりだ。自発的に会話しようという素振りこそないものの、落ち着いて食事を楽しんでいるように見えた。

　傍から見れば、同僚三人での食事会そのものだ。自然と言えば自然だけれど、裏返せばそのこと自体が融には不自然に思えた。

　……もしかしたら、空気を変えようとしてくれているのだろうか。

　ワインを楽しむ三橋を眺めて、融はそう思う。前原もそうだけれど、三橋も案外に融をよく見てくれている。ここ最近様子がおかしいのを察して、こうした場をセッティングしてくれたのかもしれない。

　その思いつきが正しいのだと確信して、融は泣きたい気持ちになる。

　どうしたところで、このふたりには敵わない。こうなると、今までの——今の自分がひとりで勝手に意固地になっているだけのように思えてきた。

　いつの間にかオーダーしていたらしく、少し変わった形のグラスが三橋の手元に届く。気づいた三橋が運んできた店員に何やら言ったかと思うと、そのグラスが今度は融の前に移動してきた。

「おれ、頼んでないですけど……」

　何か言われるかと身構えていたから、最初からウーロン茶をオーダーしていたのだ。そう言って固辞した融に、三橋はにっこりときれいな笑みを向けてくる。

「知ってる。それ、美味いから飲んでみな」

「……はい。じゃあ、いただきます」

　迷ったものの、三橋の笑顔に圧《お》されてグラスを手に取った。口当たりのいい甘みにつられてぐっと一口飲むなり、かあっと身体が熱くなっていく。

「これお酒、ですよね？」

疑問形になったのは、アルコールらしい苦みをほとんど感じなかったからだ。酒に疎《うと》い融もカクテルは何度か飲んだことがあって、何となくそれと似ている気がした。

「たいして強くないから、少しなら影響はないよ」

「そうなんですか。ありがとうございます」

いつものように、量を把握して飲めばいいことだ。納得してもう一度口をつけようとした時、電子音が鳴った。彼女のナンバーからかかってきた時限定で、わざわざ設定したものだ。

無視したいところだが、それをやると前原や三橋に不審に思われるかもしれない。どのみち一度は出なければならないのだからと思い直して、融は顔を上げた。

「すみません、十分ほど席を外します」

「外に出るのに時間がかかるから、スタッフ捕まえて電話にいい場所がないか訊いてみな。どっか確保してあるはずだよ」

三橋の言葉に頷き、前原に会釈をして席を立った。通りかかった店員から、レストルームに向かう途中の廊下でどうぞと言われ、道順を教わってそちらへ向かう。鳴り続けるスマートフォン画面に表示されているのは、「彼女」の二文字だ。

……予想通りと言うべきか、面と向かってあれだけはっきり拒否しても諦める気にはならなかったらしい。当日の夜もそれ以後もほぼ連日、昼となく夜となく着信が入るようになった。昼間は電源を落としているからいいとして、夜にまでひっきりなしにかかってくるのは非常に迷惑だ。

着信拒否も考えたものの、前にそうした時は別の携帯電話を使ってかけてきて、いたちごっこになったのだ。無視すればいいようなものだが、それでまた会社に来られても困る。結局、予防策として日に一度は通話に出て、「行かない、迷惑」と意思表示することにしたのだ。披露宴がいつかは知らないが、日取りさえ

過ぎてしまえばこの電話も収まるはずだ。

　決まりきった儀式のようにそれをこなし、ものの一、二分で通話を切る。マナーモードに設定し、うんざりして引き返したテーブルでは三橋と前原が和やかに話し込んでいた。

「おかえり。どっからの電話？　友達とか？」

「昔の知り合いです。同窓会の連絡みたいなものでした」

　何げない顔で返したものの、気分の悪さに食欲は失せていた。

　とはいえこのふたりの前で下手な素振りを見せるわけにはいかないと、融は無理やり料理を口に運ぶ。と、しばらくして融の前に華奢《きゃしゃ》なグラスが運ばれてきた。

「あの三橋さん、これ」

「それも美味いから試しに飲んでみな」

　三橋は上機嫌らしく、やたら笑顔だ。楽しげなきれいな笑みは目の保養だが、そのたび新しい酒が目の前にやってくるのは困る。

「おれ、酒はあまり強くないんです。飲める量にも限度がありまして」

「顔も言葉もしっかりしてるし、まだ大丈夫だろ。心配しなくても、潰れた時は責任持って介抱してやるって」

「ですけど」

「何。オレの酒は飲めないとか言う？」

　満面の笑みがいきなり渋面になる。その変化に、以前テレビで目にした人形《にんぎょう》浄瑠璃《じょうるり》の早変わりを思い出して背すじがそそけ立った。

「三橋。無理強いするな」

「してません。せっかく楽しく飲んでるんだから、雰囲気に合わせて水を差すなと忠告しただけです」

「おまえな……」

「もうちょっとだけいただきます。まだ飲めますから大丈夫です」

　少々回りが早い気はするが、量そのものはさほど多くないのだ。思い直してグラスに口をつけると、にっこり笑顔でこちらを見ている三橋と目が合った。

つられて、融も頬を緩めてしまう。先ほどのとは違う甘みの酒は、意外に後味がさっぱりしていて美味しかった。

11

目が覚める寸前に、自分が車に乗っていることに気がついた。かすかに届く独特の匂いは社用車やバスではなく、おそらくタクシーだ。

いったいいつ乗ったんだったか。それ以前に、何がどうなってタクシーに乗ることになったのか。

浮かんだ疑問を持て余して、融《とおる》は何度か目を瞬《またた》いた。はっきりした視界に映ったのは、タクシーの車内だ。左側の後部座席にいるらしく、斜め右前にドライバーの頭が見えている。

自宅の住所を、きちんと伝えられただろうか。思い返しながらゆるりと首を振ってから、自分の頬に何かが触れ——右側にある何かに寄りかかって眠っていたのを知った。

「目が覚めたか。気分は？」

「……えっ、前原《まえはら》さん？」

すぐ近くで聞こえた声に、一気に意識が覚醒した。顔を上げるなり今にも触れそうな距離から見下ろすシルバーフレームの眼鏡が目に入って、融は狼狽《うろた》える。

要するに、融は今の今まで前原に凭《もた》れて寝入っていたわけだ。上げそうになった悲鳴を呑み込んで、融はすぐさま前原から距離を取って座り直す。

融のその反応を、前原は静かな表情でじっと見つめていた。肩で息を吐いていた融が少し落ち着くのを待っていたように言う。

「三人で食事したのは覚えてるか。三橋《みはし》にやたら飲まされたのは？」

「覚えてます。でもおれ、潰れるほど飲んでないはず……三橋さんは一緒じゃないんですか？」

車内にいるのはドライバーと、あとは前原と融だけだ。助手席に人影はなく、もしやと思い振り返ってみても街灯が照らす夜の道に後続の車はいない。

「先に帰ったぞ。もう家に着いてるんじゃないのか」

「え……」

予想外の答えに、思考のすみにいくらか残っていたアルコールが根こそぎ吹っ飛んだ。

融が潰れた時は送っていくと、三橋本人が言った。にもかかわらず、前原に押しつけて帰ってしまったというのか。

「もうじきおまえのアパートに着く。それまで寄りかかって休んでいろ」

「アパートって、うちですか。でも、住所とかは」

「前に一度送っていったからな」

何を今さら、とでも言いたげな返答に、それもあり得ないと思う。あの時の融は助手席で方角を伝えただけで、町名や番地を教えてはいなかった。

それに歓迎会の翌朝、前原は次があればホテルに送ると言っていた。

「……迷惑をかけてしまって、すみません」

仏の顔も三度と言うが、こんなのは一度やったら十分だ。あまりの申し訳なさに、融は目眩《めまい》を覚えながら謝罪を口にした。

「気にしなくていい。どうも三橋のやつ、わざとおまえに強い酒を飲ませていたようだしな」

「ですよね……」

計量カップの別名は伊達《だて》ではない。大学時代から先だっての歓迎会まで、とても正確に働いてくれていたのだ。それが効かなかったのはつまり、融がふだん飲む酒よりずっと強いものを飲まされたからだろう。

それにしても、いったい三橋は何がしたかったのか。日帰り出張から戻ったばかりの恋人に、酔い潰した後輩を押しつけたのでは意味がないだろうに。

ため息をついた時、減速していたタクシーが緩やかに停《と》まった。窓の外に見えたのは融のアパートで、よく指示できたものだと感心する。三橋の意図もわからないが、前原も何を考えているのかわからない。

すぐ横のドアが開いた音で我に返って、融はスーツのポケットを探った。引っ張り出した財布を開きかけたところで、横から手で押さえられる。

「あとでいい。まずは降りろ」

「でしたら週明けに、ここまでの料金をお渡しします。それでいいでしょうか」

「それもあとだ。いいから降りろ」

前原の強い口調に財布を収め、ドアに手をかけて車から降りた。直後、かくんと膝が折れそうになって、融はドアにしがみつく。その腰を背後から引かれ、座席に尻を乗せられた。

「脚にきてるようだな。いいから座ってろ」

冷や汗をかいた背中に、そんな声がかかる。あまりのみっともなさに悄然《しょうぜん》としていると、背後で料金のやりとりをする声がした。何となく覚えた違和感に振り返りかけた時、後部座席の反対側でドアが開閉した。

数秒後、目の前に立った前原に声をかけられて、一瞬状況が読めなくなった。

「手を貸せ。ひとりでは歩けないんだろう?」

「う、……すみません。それじゃあ」

断るべきだとは思ったけれど、このままでは前原だけでなくタクシードライバーにまで迷惑をかけてしまいかねない。送られるまでは三橋公認のはずと無理に自分を納得させ、差し出された前原の手を摑む。

　初めて融から触れた手のひらは、少し冷たくて大きかった。当然のように支える力を借りて、融はタクシーから離れる。

　道端に立って、走り去るテールランプを見送った。角を曲がって見えなくなってから、前原が乗って帰るタクシーがいないことに気づく。

「すみません！　すぐ、別のタクシーを呼びますから」

「その前に部屋まで送っていく。――歩けそうか？」

　足腰が立たないとまでは言わないが、支えられてやっと立っていられる状態だ。正体なく酔っ払った経験はあってもここまで脚にきたのは初めてで、融は困惑と申し訳なさにどうにか頭を下げる。

「頑張ります。その、すみません」

「謝らなくていいからもう少し踏ん張れ。部屋は一階？　それとも二階か」

「二階の一番奥です。……もう遅いですし、そこの階段の手前に置いてってもらって大丈夫です。酔いが覚めたら自分で上がります」

　単身用アパートの階段は狭い上に段差もそれなりにあって、いかに前原でも人ひとり支えて上がるにはきつい。幸い階段のあたりはそう人目につかないし、二時間も座っていればどうにか酒も抜けるだろう。

　そう思って言ったのに、前原はシルバーフレームの眼鏡の奥の目に呆れたような色を浮かべた。

「今の時季の、この時刻にか」

「それなりに着込んでるから平気ですよ」

「考えが甘いな。ここで風邪をひかれたら困るんだ。いいから協力しろ、ふたりがかりならどうにかなるだろう」

　声も表情も呆れを含んでいるのに、どことなく柔らかい。そんな表情をずいぶん久しぶりに見て、じわりと胸の中が温かくなった。

　本当にこの人が好きなんだと素直に思えるのは、きっと少なからず諦めがついてきたからだ。そんなふうに思いながら、同時に融は自分を戒める。――勘違いしてはいけない。この人はもう三橋のもので、融はただの後輩だ。優しい人だからこうして面倒を見てくれているだけで、融だから特別に扱ってくれているわけじゃない。

　……それでも、触れた場所から伝わってくる体温を追いかけてしまうのだ。こうして近くにいられるのを嬉しいと感じてしまうのは、どうしようもなかった。

　前原の手を借りながら、手摺りも掴んでどうにかこうにか二階へ上がる。周囲の静けさからそこそこ遅い時刻だとは察しがついて、極力足音を抑えるように気をつけた。

　もっとも安普請のアパートではあまり効果がなく、階段を上がる音が大きく響く。声が響くのを気にしてか前原は無言で手を貸すばかりだったし、融はといえば怠《だる》い足を動かしながら話題を探すだけで精一杯だ。そのせいで、声を聞くまで二階の外廊下の突き当たりに立つ人影に気づかなかった。

「飲み帰りとはいい身分だな。人をこれだけ待たせておいて」

　最初の一音を聞いた瞬間、それが誰かを悟った。

　ざあっと全身に鳥肌が立つ。何かを含んだように空気が重くなる。足元に向けていた視線をゆっくりと起こして、融は声がした方へと目を凝《こ》らした。

　廊下にある常夜灯の下、融の部屋の玄関ドアの真横に、かつての職場での指導役であり、先輩でもあった姫川《ひめかわ》が立っていた。眼鏡の奥からの視線に含まれているのは、あからさまな怒りと侮蔑だ。

「誰だ？」

　真横で聞こえた胡乱《うろん》な声で我に返って、融は前原の存在を思い出す。支えてくれていた腕を、やんわりと押し返した。

「昔の知り合いです。――前原さん、ありがとうございました。もうここで大丈夫です」

「大丈夫には見えないが」

「手摺りがあれば十分ですし。もう、帰ってもらっていいでしょうか」

　自分でもひどい言い方だと思ったけれど、もはや言葉を取り繕う余裕はなくなっていた。迷惑と余計な手間をかけただけで十分申し訳ないことをしたのに、よりにもよって姫川なんかと引き合わせることになったのだ。

「無理だな。自分の状況くらい把握しろ」

「いや大丈夫ですって」

　両手で廊下の手摺りを摑み、ふらつく足に力を込める。前原の手を離れたものの重心が落ち着かないのが自分でもわかって、内心で臍《ほぞ》をかんだ。そんな融を嘲るように、神経質な声が飛んでくる。

「暢気に酔っ払ってるのか？　雲隠れしやがって、こっちがどれだけ捜したと思ってるんだ」

「あいにくですが、おれにはあなたに捜される理由はないと思うんですけど？」

　即答しながら、この声は前原とは似ても似つかないと最初から気づいていたことを思い知った。

　こうして目の前にふたり並ぶと、よくわかる。さりげなく傍《かたわ》らで融を支えてくれている人と、やや離れた場所から厭《いや》なものを見たような顔で睨《にら》んでいる男とでは、声だけでなく物言いも容貌も雰囲気も何ひとつ似ているところがない。

　初めて前原に会った時の自分は、いったい何を見ていたのか。この男と前原を、比べようと思うことすら失礼だ。

「生意気な」

「そう言われても、約束した覚えはないですし。そもそもそちらに連絡先を教えてもいないのに、いきなり待ち伏せされて遅いと言われたのでは困って当然だと思いますけど」

　言っているうちに、気持ちがしんとしてきた。

目の前の男に、言いたいことなら山ほどあった。それこそ罵声を浴びせてやりたいとも思う。

けれど、実際にそうするかどうかとなると話は別だ。それ以上に前原の前で醜い言葉を使ったり、みっともない真似をしたくなかった。

……前の職場で自分がなくしたいろんなものを、もう一度与えてくれたのは前原だ。営業向きじゃないと東野《ひがしの》にさんざんに言われて後ろ向きになっていた融に仕事のやり方や考え方を丁寧に教えてくれ、やってみろと背中を押してくれた。向いていないのは自分も同じだと言い、それでも融なりのやり方があるはずだと教えてくれた——。

「用っておまえ、何度電話してもまともに話にならないのはそっちのせいだろうが！　わざわざここまで来てやったことに感謝したらどうなんだ？」

「あの件なら電話で何度もお断りしましたし、それ以前に本人に理由も説明しました。とにかく、おれは出席を辞退します。そもそも、おれよりずっと招待するに相応《ふさわ》しい人がいるはずです」

「——あいつが泣いてるのに、か」

「だったらなおさらこんなところにいるより彼女の傍にいて、慰めてあげた方がいいんじゃないでしょうか」

「田阪《たさか》っ」

表情を険しくした姫川が、大股で近づいてくる。挑発に乗る気はないが、気圧《けお》されたまま終わるつもりもない。そんな思いで見返した融の視界を、広い背中が遮った。目を瞠《みは》った融を振り返り見下ろして言う。

「話が長引くようだし、ひとまず中に入ってもらったらどうだ。ここでは近所迷惑になる。——そちらとしても、ここで無用に騒ぎたくはないでしょう？」

前半の言葉を融に告げた前原が、後半の台詞《せりふ》を正面にいるだろう姫川に向かって言う。姫川が即答しないのは、前原の介入に困惑していても言われた内容は好都合だからだろう。

融はといえば冗談じゃないというのが本音だ。近所迷惑になるような騒ぎを起こす気はないし、なるべく友好的に話を終わらせたいとも思う。けれど、姫川を自宅に入れるなど真っ平だ。それが顔に出ていたらしく、再び振り返った前原は苦笑した。

「私も立ち会おう。それなら問題ないな？」

「だからって前原さん……」

「諦めろ。異論は認めない」

　見下ろしてくる表情はもう決めてしまったものだ。とはいえ簡単に頷けるわけもなく、融は渋面で前原を見上げてしまう。

「ふたりで話し合うのは構わないが、夜が明けるまで平行線でもいいのか？」

「う」

　姫川が、おとなしく引き下がるとは思えない。それに、ここで前原を無理に帰したとしても、絶対に後日詳しく追及される。前原の表情でそれと悟って、反発心は萎えた。

　それに、どうあっても退いてくれないなら立ち会ってもらった方がずっといい。

「わかりました。部屋を開けます」

　期せずして、融は前原に悩み事の解決を助けてもらうことになったわけだ。そう思うと、申し訳なさと情けなさにため息が出た。

　そのくせ、気持ちのどこかでほんの少しだけ、嬉しいと感じてもいた。


　話し合いは、最初から見事なまでの平行線だった。姫川の言い分は彼女と同じだ。来週末に迫った彼らの結婚披露宴に出席しろ、という。

　融の言い分は一貫して拒否だ。融にとっては彼女も姫川も知人以下でしかなく、そもそも出席する理由がない。

　行きつ戻りつですらなく、ただの押し合いに近いやりとりを、前原は黙って聞いている。ちなみにこの間、腰を下ろしているのはまだ足が踏ん張れない融だけだ。

ワンルームの奥にあるベッドに腰掛けた融と玄関先に立つ姫川のちょうど中間点に、立会人らしく前原がいる。

「これ以上話しても無駄だと思うんですけど。いい加減、諦めてくれませんか」

「そっちこそいい加減にしろ。素直に出席すると答えて、当日出ればすむことだろうが」

　不毛すぎるやりとりを終わらせるつもりで言ったのに、返ってきた言葉はまたしても振り出しに戻るような内容だ。心底厭になって、融は長いため息をつく。視界のすみに入る前原に、申し訳ない気持ちが募った。

　今日は金曜日で、明日から休日だ。前原にも予定はあるだろうし、恋人になったばかりの三橋との約束もあるに違いない。

　誘われたとはいえ、恋人同士での夕食に割り込んだ上にここまで送らせてしまったのだ。面倒に巻き込んでさらにそれが長引くのでは、どれだけ謝ったところで埋め合わせなど不可能な気がしてきた。

　この際、力尽くで姫川を追い出してやろうか。浮かんできた不穏な思いつきに融が傾きかけた時、前原の低い声が重い沈黙を破った。

「ひとつ確認したいんですが、どうしてそこまで田阪を披露宴に招《よ》びたがるんですか」

「あなたには関係のないことでしょう。部外者には出ていっていただきたいんですがね」

　見るからに年上の前原が敬語を使ったからか、姫川の返事も一応は丁寧だ。もっとも声音から言い方から内容に至るまで、見事なほど嫌味ったらしい。

　むっとした融が言い返そうとしたのを手振りで制して、前原は言う。

「後輩が困っているものを、放置するわけにはいかない。それと、私がここを出ていく時はそちらにも同行してもらいます」

「何――」

「約束もなく夜半に自宅前で待ち伏せて、いきなり暴言を吐く。そんな人間を、大事な後輩とふたりきりにできるわけがない。田阪には披露宴に出る気も理由もないようですし、そろそろ諦めたらどうです？　そもそも出席するか否かは招待された本人が自分で決めることですしね」

事務的な物言いに、姫川がぐっと返答に詰まる。それを眺めて、前原は重ねて言った。

「招待に応じてほしい理由があるのなら、まずそれを説明すべきでは？　内容次第では考える余地があるかもしれませんしね」

「そんな余地はないから聞かなくていいです。何を言われても行きません」

「田阪」

「……このままでは、結婚式や披露宴で彼女の立場がない」

窘《たしな》めるような前原の声を、姫川の尖《とが》った言葉が遮った。融を睨みつけ、吐き捨てるように言う。

「社内で根も葉もない噂が広がっている。――彼女が、俺と田阪を二股にかけていた、と」

「噂、ですか」

拍子抜けした気分で繰り返した融を睨みつけて、姫川は唸《うな》るように続けた。

融の退職後、姫川と彼女が順調につきあっているうちに、どこからか噂が流れたのだそうだ。もともと融とつきあっていたにもかかわらず、彼女はきちんと別れることもせず姫川の申し込みを受けた。融が彼女に執着していたとか暴力を振るったというのは彼女本人が流したでたらめで、それを真に受けた姫川が融にひどいパワハラを働いた。ぼろぼろになっていく融を慰めるふりをして、彼女は姫川と結託して虐《いじ》めを楽しんでいた――と。

当たらずしも遠からずだと、他人事《ひとごと》のように融は思う。言わせてもらえば、その程度の噂であそこまで仕事の邪魔をされたのではこちらの方がいい面の皮だ。比較したところで無意味なのは承知しているが、退職前に捏造《ねつぞう》された融に関する噂の方がよっぽど悪質だった。

「ですけど、彼女はもう退職したんですよね？　だったら気にせずに放っておけばいいじゃないですか。噂なんかいずれ消えるものなんだし」

　経験したから言えることだが、その手の噂に対処するのは不可能だ。裁判を起こして勝訴したところで、完全に払拭できるとは限らない。だからこそ余計にたちが悪い。

　投げやりな気分を抑えて言った融に、姫川は形相を変えた。

「俺はまだあの会社で働くんだ。それに、披露宴には上司や同僚も出席する。噂を放置したら、当日何を言われるかわからない」

「――神経質になりすぎているように聞こえますが」

　平淡に、前原が言う。同意のしるしに首を竦めた融を、姫川は鋭く睨みつけた。

「退職後に誘われて出向いたランチの席で、彼女は友人だったはずの女性社員たちから総スカンを食らったんだ。俺から抗議しても聞く耳を持たない上、彼女に騙《だま》されて俺が田阪をいびったんだと言う者も出てきた。社員だけじゃなく大学の友人たちからも、田阪と連絡がつかなくなったのは彼女のせいだと責められたらしい。……ここ最近はずっと怯《おび》えていて、披露宴が怖いと泣いてばかりいる」

「だからおれのせいだと言われても困ります。大学の友人たちと絶縁したのは事実ですけど、彼女のせいだと言った覚えはないので」

　もっとも彼女に連絡先が漏れたと気づいた融が急ぎ確認の連絡を入れたため、数人にはおよその状況が読めたはずだ。その後数日で完全に融が連絡を断ったとなれば、なおさらだろう。

「おまえが披露宴に出さえすればすむことだ。席についておとなしく祝っていれば、アレが根も葉もない噂だったと誰にでもわかる」

　腹が立つのを通り越して馬鹿馬鹿しくなってきた。何を言っても無駄なようだと、融はとうとう匙《さじ》を投げる。それが見えているのかいないのか、姫川は滔々《とうとう》と続けた。

「うちにいる時、さんざん世話してやっただろう。あれだけ指導してやったのに、おまえは山ほど迷惑をかけてくれたよな。その恩を仇《あだ》で返した上に、俺に恥をかかせて彼女まで泣かせた。披露宴に出るくらい当たり前じゃないのか」

「お断りします。招待される理由がありませんし、行く必要性も感じません」

　もう数えるのも厭になった台詞を繰り返しながら、心底うんざりした。

　要するに、自分たちの窮地を助けろと、それが当然だと言いたいわけだ。

　妙な噂が蔓延したのは確かに困るだろうが、とうに退職している融には何の関係もない。というより、辞めた時点で縁を切ったはずの相手だ。こうして顔を合わせていることすら、融にとってはアクシデントでしかない。あんなにも悩まされ、会社や前原にまで迷惑をかけたことを思えば、こちらが慰謝料を請求したいくらいだ。

「おまえっ」

「田阪の答えは変わらないようですね。これ以上は脅迫になりかねないということで、そろそろ引き揚げ時では？」

　前原の言葉にやっと終わりかと安堵した融とは対照的に、姫川は眦《まなじり》を吊り上げた。

「うるさいな。部外者は引っ込んでろ。だいだいあんたがここにいること自体がおかしいんだ」

「言葉を返すようですが、先に部外者を巻き込んだのはそちらの方では」

「何っ――」

　激高した姫川をよそに、前原の声も表情も冷静なままだ。意図的なのだろう、融と姫川の間に立って淡々と言う。

「田阪の勤務先を知ったまではまだしも、会社に電話して個人情報を引き出したあげく押し掛けてきたのはそちらだ。それがなければ、私は田阪のこの状況には気づかなかった。――きちんと断りを入れたものを、予告もなく自宅で待ち伏せて脅迫してくる人間がいたとなると、指導役として放置しておけないのでね」

「放置しておけない……？」

「これ以上田阪につきまとうようなら、同じことを返させてもらう」

　言われた内容がぴんとこないのか、姫川が半端に黙る。

　前原は、融には聞き慣れた営業用の声で続けた。

「そちらの会社に電話して、この現状を報告の上で対処を頼もう。電話と押し掛けはうちの上司まで報告が上がっているし、脅迫は私が証言する。……警察沙汰までいくかどうかは微妙だし、そちらの会社がどう対処するかは不明としても、披露宴へのいい話題提供にはなるでしょうね」

「……っ」

　途中まで怪訝な顔で聞いていた姫川は、最後の一言で一気に顔色を変えた。それを冷静に見返して、前原は言う。

「さて、どちらを選びますか？」

12

壊れたのではなかろうかと思うほどの勢いで閉じた玄関ドアを眺めて、ため息が出た。

よほど怒り狂っているらしく、外廊下を遠ざかって階段を下りるまで、室内にいても足音がはっきりわかる。近所迷惑にもほどがあるとうんざりしているうちに、ようやく周囲が静かになった。

もう一度長い息を吐いたあとで、融《とおる》は自分がベッドではなくフローリングの床に座り込んでいるのに気づく。ひんやりした感触を認識しながら、前原《まえはら》が口にした最後通牒《さいごつうちょう》を思い出した。

（話は終わりだ。早々に帰っていただこう。……もう一度言っておくが、二度と田阪《たさか》には近づかないように）

ごく事務的に言った前原を今にも殴りかかりそうな目で睨《にら》んでいた姫川《ひめかわ》は、悔しげな表情で踵《きびす》を返した。玄関先で靴を履いたままだったこともあってか、ドアに手を当てすぐさま出ていこうとして、思い出したように振り返って融を見た。

（おまえ、とことん疫病神だったんだな。二度と、あいつには近づくなよ）

「近づいてきたのは、向こうだっての」

つぶやきは掛け値なしの事実だ。前の職場で再会したのは偶然だけれど、その時もそれ以降でも、融の側から彼女を誘ったことは一度もない。ただ、誘われても拒否する理由がなかっただけだ。

けれど、そういうやり方も見直すべきなのだろう。痛くもない腹を盛大に探られたあげく周囲に迷惑をかけるなど、今回だけで十分だ。

ひとまず、これでけりはついた。電話攻勢が終わるかどうかは不明だが、あそこまで釘を刺したのだから、少なくとも再び押し掛けてくることはあるまい。

　ほっと肩を下げた時、頭上にぽんと懐《なつ》かしい重みが乗った。反射的に顔を上げて、そのまま硬直する。

　いつの間にか、すぐ傍に前原がいた。床に座り込んだ融に合わせるように膝をつき、腰を落として見下ろしている。表情は薄いけれど、シルバーフレームの奥からの視線と髪を撫でる手の動きが言葉にならない気遣いを伝えてくれていた。

　久しぶりの感覚に、ずっとこんなふうに触れてほしかったんだと泣きたくなった。

「ありがとうございました。前原さんのおかげで、どうにか終わったみたいです」

　言葉に迷ったあげく、やっとのことでそう言った。

「いや」という短い返事が前原らしい気がして、融はつい頬を緩めてしまう。

　わずかに目を見開いた前原が、唇の端を上げる。シルバーフレームの眼鏡を指で押し上げ、少し迷う素振りのあとで窺《うかが》うように言った。

「……話に出た女性のことが、今でも好きなのか？」

「はい？」

　思いがけない問いに、融は苦笑した。

「それはないですけど、もしかしたらその方がマシだったかもしれないですね。元を辿ってみたらおれの自業自得なので」

「自業自得？」

　問いに頷きながら、巻き込んだ上に助けてもらったのだからきちんと説明するのが筋だと思った。結果呆れられても、軽蔑されたとしても、それはそれで仕方がない。吹っ切れたような気持ちでそう思った。

「彼女とは、大学の頃につきあっていたんです。でもそれぞれ就職してから呆気なく自然消滅して、夏にはお互い連絡することもなくなってました。……つきあっていたと言っても恋人未満でしかなかったと、今は思います」

　恋人らしいことといえば触れる程度のキスだけで、他は親しい友人と変わらない。彼女は誰かに守ってほしくて融に近づいたのだろうし、融が受け入れたのは拒否する理由がなかったからだ。積極的に好きだったのかと問われたら、きっとふたりとも首を横に振ったに違いない。

　だからこそ、融から追いかけることもしなかった。キスより先に進まなかったのも、就職後まもなく連絡が途切れた時も自分から動こうとしなかったのだから、融の方も大概だったのだと今は思う。

　就職二年目に再会してもより戻さなかったのは、つまり互いにその気がなかったからだ。そのくせ傍目には恋人に見えるほど近くにいたのだから、面倒に巻き込まれるのも仕方なかったのかもしれない。

　訥々《とつとつ》と話す融を、前原は先ほどと同じ距離で黙って見つめていた。その視線を横顔に感じながら、すべて話したらこの人は何と言うだろう。

「今考えれば他にもやりようはあったでしょうし、もう少し頑張っていればとも思わなくはないんです。でも、あの時はもう限界でした。目に見えてミスが増えてたし、精神的にも参ってて、周りがみんな敵だと思うようになっていたんです。簡単に退職できたのは問題児扱いだったからで、そういう意味では都合がよかったんでしょうけど」

　話の締めくくりにわざと軽く笑って言うと、前原はわずかに目を眇《すが》めた。無言で融の頭を撫でていたかと思うと、ぽつりと言う。

「そこで都合がよかったと言っていいのか？」

「いいじゃないですか。下手に慰留されたらおれ、間違いなく壊れてたと思いますし……っ」

　喋《しゃべ》りすぎたのか、急に喉の奥で声が絡んだ。発作的に咳き込んでいると、いったん離れていった前原が水が入ったコップを手に戻ってくる。差し出されたそれをありがたく受け取って口に運ぶと、ようやく咳がおさまった。

「ありがとうございました。助かりました」

「いや。勝手に動いて悪かった」

「気にしないでください。おれんちなんか、見たまんまですし。……そうだ、遅くなりましたけどお茶でも淹《い》れますね」

　前原にはわざわざ送ってもらい、面倒な揉め事の仲裁までしてもらったのに、まだ何のもてなしもしていない。慌てて腰を上げた融は、多少よろつきながらどうにかキッチンに辿りついた。ケトルをセットし、棚を見上げて思案しながら振り返る。

「前原さん、うちインスタントコーヒーと日本茶しか……」

「コーヒーがいい」

「いっ」

　真後ろで聞こえた即答に、背すじがびくっと跳ね上がる。思わずこぼれた上擦った声をごまかしたくて、融は真後ろぴったりに立つ前原を見上げた。

「……了解しましたけど、前原さんは座ってください。おれ、もう大丈夫ですし」

「ふらついていたが？」

「ずっと座ってて足が痺れただけで、今はぴんぴんしてますんで。狭いところで申し訳ないですけど、クッションだけはありますから」

　前原のマンションと比べると、狭い上に防音性もかなり低い。それでも、ここが今の融の城だ。

　融の言葉に、前原はしばらく思案してから頷いてくれた。ローテーブル前の床に腰を下ろす長身を珍しいものを見るように眺めて、融はふいに気づく。

　吹っ切れたのか一時的に開き直ったのか、前原とふたりきりのこの状況でも以前と同じように振る舞えている。

　こういうのを、怪我《けが》の功名と言うのだろうか。間違っても、姫川のおかげだなどと思いたくはないのだが。つい先ほどまでここにいた元先輩の顔を思い出して苦い気分になっていると、じっとこちらを見ていた前原と目が合った。

　とたんにふにゃりと表情が緩んだのが、自分でもよくわかった。二度瞬《またた》いた前原が目元を和らげたのを見て、融は安心する。

「それにしても、ふざけた言い分だったな。あんな理由で披露宴に招《よ》ぶとは」

「ですよね。でも、曖昧《あいまい》にしてたおれも悪かったとは思います」

　コーヒーを淹れて前原の傍に腰を下ろしてからは、何となく先ほどの話の続きになった。

「前の彼女だからって、なあなあになってましたし。巻き込まれても仕方ないところもあったんだと思います」

「いいように扱われていたとしか聞こえなかったが、それでも仕方ないのか？」

「彼女にとって都合のいい人を、自覚してやってましたから。情けない話ですけど、おれにとってはつきあってるはずの彼女に別の相手ができるのは当たり前だったし、そうなっても簡単に別れられるから便利だって言われてたんです。おれとしては、好きでそうしてたわけじゃないんですけど」

「ずいぶん失礼な話だな」

　マグカップを手にした前原が、厭《いや》そうな顔になる。

物言いたげな視線に、融は笑ってみせた。

「でも、もういいんです。前原さんのおかげでゴタゴタも片づきましたし、自分が恋愛向きじゃないのもよくわかりました。当分は恋人も恋愛もナシでいいです」

「……それは早計じゃないか？」

「懲りたんですよ。前に言ったかもしれませんけど、おれ何かと間が悪くて、恋愛関係でもそうなんです。割り切りと諦《あきら》めのよさで振り切ってきたようなもんなので、今回もそうします」

　どのみち前原を諦めきれるまで、恋愛などまず無理だ。そして、初めて自分から好きになったこの人を、そう簡単に忘れられるとも思えない。

「自分の問題点に気づいたなら、今後は注意すればいいだけだろう。割り切りや諦めは確かに必要だが、よすぎるのもどうかと思うぞ」

「だったら前原さん、おれのことセフレにしてくれます？」

　自分が口にしたその言葉の意味に、しばらく気づけなかった。こちらを見ていた前原がぎょっとしたように表情を変えたのを知って首を傾《かし》げ、じわじわと自分が何を言ったかを理解する。

「い、いえその、今の嘘です、すみません間違えました！　聞かなかったことにしてくださいっ」

　慌てて否定しながら、驚いた顔で固まった前原を前に絶望的な気持ちになった。——何で、そんなとんでもないことを言ってしまったのか。

「本当に嘘です、本気にしないでください。おれ初心者だしそういうの向いてないのも自分でわかってるし、どうやったって三橋《みはし》さんに敵わないのも知ってますからっ」

　後輩の距離ですら近すぎる気がして、融は尻で後じさる。とにかく逃げようと何の脈絡もなく思い、即座に腰を上げた。

　そのとたん、長い指に右腕を摑まれ引き戻された。床にへたんと座った格好で左右の腕をそれぞれ取られて、真正面から至近距離で覗き込まれる。嘘だろうと焦ってみても、逃げ場はどこにもなくなっていた。

　摑まれた手首から、前原の体温がじかに伝わってくる。頭を撫でられたり、階段を上がる際に支えを借りた時とは違うリアルな感触に、いつかのキスを思い出して顔を上げられなくなった。

　どのくらい経っただろうか。ずっと無言で融を見下ろしていた前原が、少し躊躇《ためら》いがちにぽつりと言う。

「あいにくだが、今はセフレは必要ない」

「——」

　予想済みの返答であっても、覚悟もなしで聞かされるのは精神的にきつい。真正面から切り込まれたような錯覚に、融はぐっと奥歯を噛みしめる。あまりのいたたまれなさに、勝手に言葉がこぼれて落ちた。

「変なこと言って、すみません。……あの、今回のことだけじゃなくて、おれ最初の頃から前原さんには迷惑をかけてばかりで申し訳ないですし、もう指導役は別の人にお願いした方がいいと思うんです」

　さんざん迷惑をかけたあげくあんなことを言って、

週明けにどんな顔で前原に会えばいいのか。それ以前に今、どうやって顔を上げればいいのかすら思いつけずに、融は小さく息を呑む。

「断る。指導役を替わる気はない」

「何で、ですか。……気にしてないか、本気にしてないってことですか？」

　ここは追及するところじゃない。肯定されるのが一番だとわかっていても、そうされたらきっとどうしようもなく苦しくなる。

　それでも融は顔を上げた。気がつけば、真っ正面から睨むように前原を見据えている。

　けして叶うことのない気持ちでも、否定だけはされたくない。その思いを、どうにも抑えきれなかった。

　融を見返す前原は、わかりやすく不機嫌顔だ。いつもよりきつい口調で言う。

「おまえこそ、そんなに俺が指導役なのは厭か。西山《にしやま》の方がいいとでも？」

「は？　そりゃ、西山さんでもいいですけど。前原さん以外なら、誰だって一緒だし」

「誰だって一緒？」

「前に言いましたけど、おれは前原さんに教わりたいんです。セフレになりたいと思ったのも、生まれてこのかた前原さんだけです」

　消えない苛立ちに背中を押されて、融は言葉を繋ぐ。

「前原さんに、そういう意味で相手にされてないのはわかってます。けど、好きなものはどうしようもないじゃないですか。振られたら諦めるしかないのはわかってますし、だからちょっとだけ距離を置きたいんです。何でそれが駄目なんですかっ？」

　一気に言い放ったせいで、大きく喘《あえ》いだ。視線を外したら負ける気がして、融はまっすぐに前原を睨みつける。

　シルバーフレームの眼鏡の奥で、強い視線が色を変える。直後、摑まれたままの腕を無造作に引かれて、一気に距離を詰められた。それこそ、いつかのキスの距離と同じほど近くまで。

「ちょっ、あの」

「どうしてセフレなんだ。恋人じゃまずいのか？」

「え」

　見開いた視界の中、近すぎる距離で見据えられて、すぐには意味が理解できなかった。強い視線に気圧《けお》されながら、融はやっとのことでたった今聞いた言葉を口にする。

「こい、びと？」

「そう。恋人だ」

「おれが？　……誰の？」

「俺以外の誰がいる？」

　告げられた言葉は間違いなく耳に届いたのに、ちゃんと意味が理解できない。

　セフレはいらないと、前原は言った。その前原には三橋という恋人がいるはずで、けれどたった今聞こえた言葉の意味は。

　伸びてきた指にするりと頬を撫でられる。やんわりと顎《あご》を擽《くすぐ》られ、こめかみを梳《す》くようにされて、右手が自由になっていることに気がついた。放心したように前原を見つめている間に左手を掴んでいた手も離れていって、宙に浮いていたその腕はぱたんと融の膝に落ちていく。唇を掠《かす》める吐息に気づいた時にはもう、目の前に前原のシルバーフレームの眼鏡があった。

「厭だったら、突き飛ばしてでも逃げろ。逃げなかったら、承諾したものとみなす」

　吐息のようなその声が紡《つむ》いだ最後の言葉を、融は自分の唇で受け止めた。

13

驚天動地という四字熟語を体感したのは初めてだ。くるくる回る思考をいったん放棄して、融《とおる》は周囲を見回す。

前に来た時にも思ったけれど、ここは室内だけでなく玄関先も殺風景だ。造り付けのシューズボックスは天井からつり下がる形で膝下くらいから床まで抜けている形で、そもそも何かを置くスペースがない。スリッパはあったように思うが玄関マットは敷かれておらず、白い壁には何もかかっていない。廊下の先のドアが開け放たれ、四角く区切られた中に見覚えのあるソファがあるから前原《まえはら》の自宅だとわかるようなもので、すべてのドアを閉じてしまったら未入居の部屋に見えるに違いない。

それにしても、……どうして自分はここにいるのだろう。

玄関ドアを入ってすぐの壁際に突っ立って、行方不明になりかけていた思考を無理にも引き戻して、融は記憶を巻き戻す。

話の勢いだけでセフレにしてくれなどと口走った自分は、確かにおかしかったと思う。簡単に断られたのが苦しくて、だったら指導役も変更してくれと頼んだのも即座に却下されて、それが苦しくてムキになったのも覚えている。

けれど、そのあと前原にキスされるようなことになったのはなにゆえだろう。それも、融がこれまで女の子たちと交わしてきたような触れるだけのものではなく、おぼろに覚えている真夜中のキスに似たものでもなく――思い出すだけで赤面して逃げ帰りたくなるような、何とも生々しく形容しがたいキスだ。

唇ごと全部食われるようなキスについていけず、呆然としていた融も悪い。何しろ前原が離れたと思ったとたん無意識に逃げようとして、傍のローテーブルにつまずきひっくり返った。その結果、真夜中に大きく響いた音と、それ以前の姫川《ひめかわ》とのやりとりですでにむっとしていたのだろう隣人が、壁を殴って抗議してきた。

(ここでは落ち着いて話せそうにないな)

　前原がそう言ったのも当然のことだ。だからといってその直後に融をアパートから連れ出しタクシーに押し込んで、わざわざ自宅マンションまで連れ帰るのはどうなのかと正直思わないではない。付け加えるなら、エレベーターを経由してマンションの玄関ドアを入るなり、融を捕まえてまたしてもキスを仕掛けてくるあたり、もはや確信犯と言っていい。

「前原さん、……前に自分の、家に人を入れるのは好きじゃないって言っ、てませんでした？」

　長く続いたキスの合間にやっとのことで発した声は、小さく途切れて音の羅列のようだ。腰を抱き込む腕の強さと首の後ろを掴む手のひらの温度と、唇から移ったキスにまさぐられている耳朶《みみたぶ》と、複数からくる刺激のせいで不自然に呼吸が詰まる。自宅アパートで脱ぎ損ねたスーツの背中が固くて冷たいものに押しつけられる感触に、融は自分が靴を履いたまま玄関先の壁際に追いつめられているのを認識する。

「好きじゃないな。他人だろうが身内だろうが、基本的に中には入れない」

「じゃあ、何で……おれ、ここに来るの二回目で」

「恋人は例外だと思うが？」

「こ」

　ほんの数十分前に融のアパートでやったのと同じやりとりなのに、それでなくとも熱が籠《こ》もっていた顔に火が点いた。近すぎる距離に反射的に目を閉じるなり、優しい指にそろりと頬を撫でられる。少し荒れた指の感触の心地よさに無意識にすり寄ると、頬にあった体温がぴたりと止まった。物足りなさについぐいぐいと顔を押しつけて催促すると、気を取り直したように指がもう一度頬のラインを辿っていく。

額に何かがぶつかる感覚に目を開くなり、とんでもなく近くにいた前原と視線がぶつかる。額同士をぶつけられたのだと気づいたあとで、融は先ほどからの違和感の正体を悟った。

「……前原さん、眼鏡は」

「邪魔だから外した」

即答する前原の表情は歓迎会のあとの真夜中に見たのと同じだ。あの時にも思ったけれど、前原は眼鏡をかけている時より外した方が若い印象があって、そのせいか感情が見えやすい。

囚われたようにじいっと前原の顔を見つめて、眼鏡がない顔も好きだと思う。と、間近の顔が柔らかく苦笑するのが目に入った。

「真顔で言うのか、それ」

「真顔？」

どうやら、思ったことをそのまま口にしていたらしい。

長い指に、するりと唇を撫でられる。ほとんど同時に顎先《あごさき》を掬《すく》われて、またしてもキスされた。

呼吸を塞がれ、唇の合わせを探られてまんまと唇を開かされる。滑り込んできた体温に歯列を舐《な》められ、舌先を搦《から》め捕《と》られたらもう、どこにも逃げ場が見つからなくなった。

「……んっ」

無意識に伸びた手が、前原のジャケットに縋《すが》りつく。直後、指に当たった尖《とが》った感触に目をやった。胸ポケットに入ったシルバーフレームの眼鏡だ。

何か、とても大事なことを忘れている。いったい何だったかと記憶を掘り起こすなり、聞き慣れた声が唐突に耳の奥でよみがえる。

（ふーん……おまえ、あそこにいたんだ？）

考える前に、前原の胸を思い切り押し返していた。不意打ちだったせいかキスはすんなり離れていったものの、腰に回った長い腕はそのままだ。不満そうな顔で見下ろされてしまった。

「田阪《たさか》？　どうかしたのか」

「――前原さん、駄目ですこういうの！」

前原は、三橋《みはし》とよりを戻したはずだ。だったら融が恋人になれるはずがなく、ここで前原とキスしていいわけがない。

急いで離れようとしたら、腰に回った腕に力がこもり有無を言わせず抱き寄せられた。先ほどよりずっと強引なやり方で顎を取られ、顔を上向きにされる。むっとしたような顔で、低く言われた。

「さっき逃げなかった時点で、おまえは俺の恋人になるのを承諾したはずだ」

「だって、前原さんには三橋さんがいますよね⁉　つきあってるっていうか、よりを戻したこと、おれ知ってますっ。そんなんで恋人とか」

いくら何でもあり得ないと思ったせいか、声が尖った。腕の中から抜け出そうともがいていると、前原の表情が歪んだ。

「俺と三橋が別れた時、おまえその場に立ち会っただろう」

「いやあれは立ち会ってたとかじゃなくて立ち聞き……」

言い掛けて、本日その件で三橋から「どういうタイミングだ」と揶揄《やゆ》されたのを思い出す。言い換えれば盗み聞きだと気づいてしまえば、言葉が続くはずもない。思わず顔を背けたのに、顎を掴む手に引き戻された。

「どちらでも同じことだ。どうしてあいつと俺がよりを戻す話になる？　何か理由なり根拠があるのか」

どんなに好きな相手であっても、表情を消した男前に間近で真剣に見据えられるのは怖い。絶対言わないと口を噤《つぐ》んだはずが、気がついた時にはすべて白状してしまっていた。

「……聞いてたんです。三橋さんが前原さんちに泊まるとか、添い寝がどうとかって話」

「非常階段でのあれか。まさか、いたのか？」

驚いたというより感心したように言われて、本気でその場から消えたくなった。こみ上げてくる衝動を堪《こら》えて、融は必死で言い訳をする。

「三橋さんにも言いましたけど、最初の挨拶の前もその次も、おれの方が先にあそこにいたんですっ。あとから来たのは前原さんたちで、だから狙ってたわけじゃありません！」

「俺と三橋があそこに行ったのはたまたまで、先回りは不可能だ。扉の開閉も聞いていないから、あとから来たわけじゃないのもわかっている。——それにしては中途半端だが、どこまで聞いた？」

「今言ったあたりと、あと他の希望がどうとかってところまでしか。聞きたくなくて、耳を塞ぎましたから」

　下を向くと、玄関先の白い石の床と自分と前原の二人分の脚が目に入る。その輪郭《りんかく》がじわりと滲《にじ》んで、つくづく間の悪い自分が情けなくなってきた。

　まだ顎の下にあった長い指が動いて、頬を撫で上げていく。その動きにつられるように顔を上げると、前原が仕方がないとでも言いたげな顔で見下ろしていた。目が合うなり落ちてきた気配はわかったのに逃げようという気になれず、融は触れるだけのキスを受け入れる。

「肝心なところを聞き逃したわけか。——あれは希望じゃなく交換条件だ。おまえと直接話して様子を見てくれるよう三橋に頼んだら、見返りを要求された」

「え」

「引き受けた時の三橋の顔で何を言いだすかわからないと思ったから、あえて非常階段に場所を変えた。おまえが聞いたのは、あいつが最初に出した条件だ」

「じゃあ、もう添い寝しちゃったんですか？　それとも、これから？」

　今夜の食事が、その「様子見」だったのだろうか。思うだけで苦しくなって、融はふいと視線を逸らす。

「その手の希望は全部断った。三橋本人が何を言おうが、あいつを相手に遊べるわけがない。向こうもそれは承知の上だ。堅いだの何だのとしつこく言われはしたが」

　苦い響きの即答に、ずっと引っかかっていたものがすとんと胸に落ちた。

　前原らしいと、思ったのだ。それが伝わったのか、腰に回っていた腕がするりと離れていく。今の今まで触れていた体温がなくなったのを寂しく感じて顔を上げると、頬を指先で撫でられた。

「玄関先で長話はなかったな。ひとまず上がりなさい。中で話そう」

「……はい。お邪魔します」

　靴を脱ぎ、出されたスリッパに足を入れる。目の前に手を差し出されて、融はぽかんと前原を見上げた。

「逃亡予防だ」

「もう、逃げませんよ」

「それでもだ」

　少し困ったように言われ、手を取られて互いの指を絡める形で握られた。リビングへ向かいながら、融は前原のイメージに合わない言動に目を白黒させる。同時に、それを少しも厭《いや》だと感じない自分を知って顔が熱くなった。

　玄関先から見えていたリビングは、前に来た時と寸分違《たが》わずシンプルだ。促されて真ん中にあるソファに腰を下ろすと、前原は当然のようにすぐ隣に座ってきた。

　ついさっきキスしたというのに、隣り合って座るだけのことに緊張した。かちかちになった融に気づいてかどうか、前原は手を繋いだまま話を切り出す。

「本音を言えば三橋に頼むのでなく、俺が自分で聞き出したかったんだが」

　歓迎会を終えた週明けに融の態度が変わったのには、前原も気づいていた。それがあの真夜中のキスのせいだろうと、察してもいたという。

「やっぱり覚えてたんですね……」

「前に言ったように、酒には強いのでね。自分がどこで何をしているかは理解しているし、記憶をなくしたことは一度もない。ただ、あの夜だけは自分がなぜそうしたのかがよくわからなかったんだ。そのくせ起き抜けにもキスしそうになったから、自分でも混乱した」

　三橋との関係を終わらせて以来、そうしたつきあいをする相手はいなかったものの、特に不自由を感じていたわけでもない。三橋の本気に気づかなかった自分に呆れていたから、いわゆるセフレも当分不要と考えていたという。

　それに加えて、キスした相手は融だ。直接本人の口から男同士の関係など論外だと聞いたのが頭にあったのに加えて起き抜けに過剰反応されたことから、咄嗟《とっさ》にあのキスをなかったこととして扱った。その後の様子で融があのキスを記憶しているのはわかったし、週明け以降のあからさまな態度の変化を見ればよほど不快だったのだと思って、避けられるのも無理はないと結論づけた。

　謝罪することも考えたが、そうするには機を逃していた。付け加えれば真夜中のあのキスそのものは拒否どころか融も望んだとしか思えない状況だったから、どうにも釈然としなかったのだそうだ。

　いずれにしても、指導役は期間限定の仕事だ。そう考えて割り切ったはずが、いつもの癖で頭を撫でようとしたのを振り払われて、自分でも驚くほど落ち込んだという。それまで屈託なく懐《なつ》いてくれていた融があからさまに緊張し避ける素振りを見せるたび、自分でも意外なほど気分が悪くなった。

「そこまで田阪が厭がるなら、指導役を変更すべきだ。そう思って、相談するつもりで何度か課長にも声をかけたんだが」

　実際に課長と相対しても口に出す気になれず、結局は別の話を持ち出してお茶を濁してばかりだったという。

　じきに課長の指示で融は担当を持つことになり、その引き継ぎのため西山《にしやま》と行動をともにするようになった。そうなって、前原は融が西山を始めとした他のスタッフに可愛がられていること、融自身も彼らに笑顔を見せていることを思い知った。自分には向けなくなった素直な表情を、自分以外の——特に西山の前で惜しみなく見せている融にどうしようもなく苛立って、ようやく自分の気持ちに気づいたのだという。

「自慢にもならないが、誰かに本気になったのは初めてだ。わざわざここに連れ帰って寝室まで使わせた時点でそうだったんだろうが、気づくのがずいぶん遅れた」

　苦笑混じりの言葉とともに、指先で手のひらを擽《くすぐ》られる。肩を跳ね上げた融をじっと見つめて、前原は静かに続けた。

「厭がっているものを無理強いしたところで、ろくなことにならないのは目に見えている。だったらせめて、ごく普通の同僚としての関係を保ちたい。そう思っても、おまえの態度は緊張したままで緩む様子がないし、途中からは妙に追いつめられた顔をするようになった。――それならはっきり訊くしかないと思って、話を切り出したんだが」

「おれが応じなかったんですよね。せっかくの誘いも断ったし。だから三橋さんに頼んだんですか？」

「あいつも気にしていたようだったしな。そのくせ交換条件を持ち出すあたりがいかにもなんだが」

「気にして……？」

　前原が嘘をつくとは思わないけれど、三橋がそんなふうに気にかけてくれるとは思ってもみなかったのだ。

「話を切り出すなり、どうしてそんなことになったんだと噛みつかれたんだ。そっちこそ何か知らないかと訊いたら、本当に厭そうな顔をされた」

　そうして三橋は言わないなら強引にでも言わせればいいと口にしたのだそうだ。

「おまえ、本気で三橋に気に入られているんだな。交換条件が食事代の負担だけで終わるとは思わなかったぞ」

　そう言われても、こればかりは頷けなかった。三橋は今でも、前原を追いかけているはずなのだ。

「今日の夕飯に前原さんがいたのも、三橋さんが？」

「ああ。俺はいない方がいいと言ったんだが、いいから来いの一点張りだ。……正直、俺は今後極力おまえに近づかないことに決めていた」

　いったん言葉を切って、前原は苦笑する。

「男女ならともかく、男同士ともなると生理的に受けつけない人間もいる。追いかけたところで困らせるだけなら、諦めるしかないと思った」

「――――」

　静かに告げられた内容に、胸の奥が苦しくなった。それなら、融と前原は同じ時期に、似たような思いを持て余していたのだ。

　繋がっていた手が、離れていく。間を置かず融の頬に触れた指でこめかみを梳《す》くように撫でられて、その体温を染《し》み入《い》るように感じた。

「もう一度言う。俺の恋人になってくれないか？」

　まっすぐに告げられた言葉に小さく肩を揺らして、融はそろりと顔を上げた。

「セフレじゃなくていいんですか？　前原さんは本気の恋愛を避ける人だって、前に聞いてます」

「情報源は三橋だな。間違ってはいないが、今は過去形だ。どうにもこうにも本気らしい」

「あ……」

　苦笑混じりの声とともに唇を撫でられて、そういえば前原本人からはそういった話を一切聞いていないのだと気がついた。和解の際に三橋の話が出た時も、この人はその手のことはまったく口にしなかった。

　それはきっと、三橋を守るためだ。社会人で男同士であれば、下手な噂はいろんな意味で致命傷になりかねない。だからこそ、三橋は矛先を前原に向けさせないためだけに親しくもない融に自分の立場を明かした――。

「前原さんは、本当におれでいいんですか？　おれより三橋さんの方がきれいで、頭もよくてまっすぐで、ずっと長く前原さんを見てきてます」

「……田阪？」

「さっきも言いましたけど、おれは今までまともな恋愛をしてきてないんです。今回だって結局は前原さんに負担と迷惑をかけてばかりで、何の助けにもならなくて」

言いたいことが、半分も言葉になっていない気がした。もどかしさに途中で黙った融を見下ろして、前原は静かに言う。

「田阪は、俺と三橋がつきあえばいいのか？　さっきも言ったように、俺が本気になったのは田阪なんだが」

「………」

「それで三橋が納得するとでも？　あいつのことだ、怒り狂うぞ」

本音を言えば、泣きたいほど厭だ。思ったものの口に出せずにいると、俯《うつむ》いていた顎を掬われた。鼻先が触れそうなほど近くで覗き込まれて、融は唇を引き結ぶ。

「追加で、俺にも失礼だ。そんなに信用できないか？」

「……信用できないのは、前原さんじゃなくて自分なんです」

向けられる視線が、怪訝な色を帯びる。身の置き所のなさに視線を合わせていられず、融は口を開く。

「三橋さんを見ていて、気がついたんです。おれが、どれだけいい加減で適当だったかって。……さっきちらっと言いましたけど、おれ、高校の時からつなぎの代用品扱いされてたんです」

「つなぎ？」

「とりあえずつきあうのに都合がいいとか、本命を見つけるまでの中継ぎにちょうどいい相手って意味です。高校の時にそう噂されてるのを聞いて、最初は反発したんですけど、確かめてみたら、つきあった子のほとんどがそういう認識だったみたいで。そのうち真面目に考えるのが面倒になって、もういいやって開き直りました」

相手がこちらをつなぎ扱いするなら、こちらも適当に楽しく合わせておけばいい。そんなふうに考えるのがいつしか当たり前になって、大学の頃にはもう、きちんと相手に向き合うことをしなくなった。

「けど、本当は開き直ったんじゃなく楽な方に逃げただけなんです。周りがそう言うならそれでいいって言い訳して、結局おれも相手のことを少しも考えてなかったって。……類友ってよく言いますよね？　あれの恋人バージョンみたいなもので、おれがそんなふうにいい加減だったから、近づいてくる子だって本気にはなれませんよね」

　鶏が先か、卵が先か。ふとそんな言葉が頭に浮かんで、融は自嘲気味に笑ってしまう。

　つなぎ扱いが本当に厭なら、どこかできちんとそう意思表示すればよかったのだ。高校三年のあの時に、当時の彼女とその友達にどこから聞いたのかと問いつめて、そんなのは真っ平だと言い切ればよかった。つきあう相手の態度にその気配を感じたら、そのまま放っておくのでなくはっきり不愉快だと、そういうつきあいは好きじゃないと自己主張しておけば、きっと状況は変わっていた。

　何より、そこまで好きでもない子とつきあうべきではなかった。三橋のようにはっきり自分の気持ちを口にするだけで、よかったはずだった。

　諍《いさか》いが嫌いで面倒が厭。そうやって何もかも受け流していた融は、確かにつなぎや中継ぎでちょうどよかったのだろう。融が女の子の立場なら、まず本気では近づかない。——自分がされたくないと思っていることを、そっくり女の子たちにしていたのだから。

「自分でも最低で身勝手だったと思いますけど、実際おれはそういう恋愛もどきしか知らないですし。そういうおれが、前原さんの傍にいてもいいとは思えないんです。……三橋さんの前原さんへの気持ちは、眩しいくらいまっすぐだから」

「だったらそれこそ、俺は三橋には相応《ふさわ》しくないだろうな。あいつの本気を見抜けず遊び相手として扱って、本気を知ったとたん一方的に切り離した。それはおまえも知ってるはずだ」

「でも、それってちゃんと三橋さんと話して、ルールを決めてたんですよね？」

　思わず言った融を眺めて、前原は苦く笑う。

「ルールというより条件だな。恋愛事は面倒だし興味もなかったから、あくまで身体の都合だけで条件の合う相手を見繕って合意の上でつきあっていただけだ。できるだけ問題が起こらないよう似たような考えを持つ者に限り、少しでも本気の素振りを見せたらその時点で終わりにすると前置きした上での関係だな。もっとも、そういう意味では三橋は当初からイレギュラーだったんだが」

「イレギュラー……ですか」

「仕事関係の人間と、プライベートでのつきあいをする気はなかったのでね。あいつの粘り強さに根負けした形だったが、俺にとってはあくまで契約だったから三橋の気持ちなど考えなかったし、その必要性も感じなかった。実際、別れ話の時は条件を守れなかったのにしつこい、面倒だとしか思わなかった」

　淡々と告げた前原が、一呼吸置くようにふと黙る。気のせいかと思ったが、いつもの薄い表情に別の色が混じっていた。

「自分の都合だけで一方的に決めた条件だ。おまえが自分を最低で身勝手だと言うなら、俺も似たようなものだろう。相手の気持ちを考えるどころか、そういうものがあることすら念頭になかった。結果、三橋の本気を見落としてあいつを振り回した」

「――――」

「おまえの態度が読めなくなって初めて、それに気がついた。本気になった相手に見向きもされないのが、ああもきついとは思ってもみなかったからな」

「……ええと、すみません。おれ」

「おまえが謝る必要はない。単純に、俺が自分に呆れているだけだ。条件つきでつきあうにせよ、もっと配慮して然《しか》るべきだった。――そういう意味でおまえが躊躇《ためら》うのも、セフレでいいと言いたくなるのも当たり前だ。いろんな意味で予防線を引きたくなっても無理はない」

「それは」

　苦笑混じりの言葉に反論しようとして、どこかで納得している。眉根を寄せながら考えを凝《こ》らして、融は苦笑した。

　また、同じことをやりかけていたからだ。男同士だから、自分では前原に釣り合わないから、いずれ駄目になるなら最初からそう思っていた方がダメージが少ないから。そうやって言い訳を並べた上に前原は恋愛しない人だからと理由をつけて、まっすぐな告白から逃げている。

　考え込む融を、前原は黙って見つめている。急かす気配など微塵《みじん》もない。この人は最初からこんなふうだった。

「……おれ、三橋さんのこと、人として好きなんです。すごくよくしてもらったし、きれいでまっすぐで、眩しくて。でも、前原さんと一緒にいる三橋さんを見るのは苦しいし、あっちこっち痛いです。嫉妬、だと思います」

　ゆっくりと顔を上げて、融は前原を見返した。シルバーフレームの眼鏡の奥の視線に促されて、躊躇いがちに口にする。

「恋人になるのに、条件、つけていいですか。……もう、セフレは作らないでほしいんです。おれとはもう駄目だと思ったら、はっきりそう言ってください。おれも、そう言われないように頑張ってみます。慣れてないし変に逃げ癖があるみたいだし、すぐにはうまくいかないかもしれないけど、でも」

「全部込みで引き受けよう。どのみち手放せる気がしない」

　平淡な言葉の後半部分がやけに不穏で、融は唇を尖らせる。

「即決しちゃっていいんですか？　おれ、たぶんじゃなくて絶対に鬱陶《うっとう》しいですよ。今日だって、いろいろ面倒かけてますし」

「問題ない。むしろそこが可愛い」

　さらりと言われて、一気に顔が熱くなった。するりと伸びてきた指に顎を取られ、すぐ傍に顔を寄せられて、緊張する。

「条件は合致した。了承ということでいいか？」

最後通牒《さいごつうちょう》めいた問いは鋭いくせに優しくて、気持ちのどこかが綻《ほころ》んでいく。わずかに緩んだ頬で頷いた時にはもう唇に吐息が触れていて、小さく上下した顎を追うように呼吸を奪われている。

角度を変えて緩く吸いつかれる感触は今日何度目かのもので、なのに初めてのように気持ちが震えた。

「……っん」

逃げかけた頭を、首ごと掴まれる。痛みのない程度に、けれど逃げられない力で固定されて、今度は食らいつくようにキスが重なってくる。なかなか離れていかない唇に口角や上唇を挟むようにされて、息苦しさに喉が鳴った。意図せずびくりと揺れた肩を撫でられて、そこから知らない感覚が滲んでくる。ようやく前原の顔が離れていった頃には融は酸欠寸前の上、慣れない感覚に振り回されて頭の中がパンクしかけていた。

「さっきも思ったが、本当に慣れてないな」

頬を手のひらでくるまれたまましみじみと言われて、情けなさと羞恥《しゅうち》に顔だけでなく全身が熱くなった。至近距離にある顔を上目遣いで睨《にら》んで、融はぽそりと言う。

「前原さんは慣れてますよね」

「年の功でね」

けろりと言い返された言葉に、それだけじゃないだろうと内心で突っ込みを入れる。

何しろ真夜中のキスは曖昧《あいまい》な記憶でも夢中になった覚えがあるし、自宅アパートでされたキスは混乱しつつもでろでろのどろどろにされた。触れ合って啄むキスしか知らない、いわば初心者がいきなり上級コースに放り込まれたようなものだ。実際、続くキスに気を取られているうちに融はソファの上に転がされていた。

真上から見下ろされる感覚は、慣れない上にどうにも気恥ずかしい。じいっと据えられた視線に耐えきれず、融は逃げるように顔を横向けた。そのとたん、ネクタイをした襟のすぐ上に啄むようなキスが落ちる。

「……、――」

キスの合間に、優しい声で名を呼ばれる。喉から顎へと移ったキスが、唇の端を齧《かじ》って重なってくる。濡れた体温に唇の間を割られ、歯列の奥をまさぐられて知らず声がこぼれていた。耳につくリップ音が衣擦れのかすかな音と混じって、部屋の中で反響するように聞こえる。

他人の体温が自分の唇の奥の、歯列の形を確かめるように辿って裏側を掠《かす》め、頬の内側を抉《えぐ》って舌先に絡む。その感覚は慣れないせいかどことなく異様で、勝手に漏れる声を追いかけ探しているようだ。それを心地いいと感じる気持ちも確かにあって、融の腕は考えるより先に上になった恋人の背中に縋りついている。

上になった重みと、伝わってくる確かな体温と。それを全身で確かめているうちに、これが現実だと実感した。都合のいい夢でなく勝手な想像でもなく、間違いなく前原はここにいてくれる。

もう諦めなくていいのだと思ったとたん、泣きたくなった。しがみつく指に力を込めて、融は前原の肩に顔を押しつける。

すぐ傍で、苦笑する声がした。耳に残るその響きが消える前に、融は諦めるつもりだった気持ちを言葉に変えた。

たぶん覚悟しなければならないんだろうなと、浴室でシャワーを借りながら思った。

年の功だと言っていたけれど、前原はもともとセフレがいた人だ。キスだけでもかなり手慣れているのはわかったし、ここまでの流れを思えばおそらく「そう」なるのだろうと察しはつく。

とはいえ融にはまともな経験がない上、友人たちとの猥談《わいだん》でももっぱら聞き役で、内容は女性相手のものばかりだ。三橋のように華やかで経験豊富だろう人を相手にしてきた前原にすれば、物足りないのではないだろうか。

「――――」

つらつらと考えているうちに、何となくむっとしてきた。シャワーを止めて浴室を出ると、融は脱衣所でバスタオルを使う。

前原が出してくれた寝間着は融には大きく、上は袖を、下は裾をまくり上げねばならない上に、気を抜くとテーラーカラーの襟から肩が丸出しになりそうだ。寝苦しくはないだろうが寒いかもしれない。

湿った髪を大雑把にタオルで拭《ぬぐ》いながら、融は思いついて洗濯機横の収納扉を開けてみる。

収められていたタオル類は、アパートの融の部屋にあるより数が少なかった。こんなことをしてはいけないと思いながら覗いた洗面所の鏡の裏側の収納部分には、歯ブラシやカミソリが一人分並んでいる。

後ろめたさを覚えつつ廊下に出たせいか、横合いからかかった声に肩が跳ね上がった。躊躇《ためら》いがちに呼ばれる方に足を向けると、寝室でネクタイを緩めただけのワイシャツ姿の前原が、剝いだばかりとおぼしきシーツを片づけている。

「リネンは交換しておいたから、ここで休むといい」

「はい。ありがとうございます……」

つい声が小さくなった融の態度をどう解釈したのか、前原は少し笑い、まだ湿っている融の髪をいつものように撫でてくる。

「ドライヤーは使わないのか？」

「いつも自然乾燥なんです」

「枕にはタオルを巻いたからそのまま休んでも構わないが、できれば乾かしてから寝た方がいい。冷えると風邪をひくからな。――じゃあ、おやすみ」

「はい？」

見上げた顎を取られ、唇を齧るようなキスをされる。状況が呑み込めず目を白黒させた融の頭をくるりと撫でて、前原は寝室を出ていってしまった。

「風呂かな……」

先に寝ていて構わない、ということだろうか。解釈に迷って、融はベッドに腰を下ろす。ひとまずタオルで髪を拭っていると、開いたドアの向こうで浴室を使っているらしい水音が聞こえてきた。

　あの浴室を前原も使っていると考えると落ち着かなくなる。さっき使った時にはそんなこと思いもしなかったのにと、どうにもピントがずれている自分に呆れた。そこそこ髪が乾いたところでタオルを肩に落とすと、あとは何となく耳を澄ませてしまう。

　深夜という時間帯に加えてここは防音性がいいらしく、隣はもちろん上下からも物音や声がまるで聞こえない。おかげでシャワーが止まったのも、浴室の扉が開閉する音もはっきりと耳についた。

　全身が耳になったようだった。そんなはずはないのに、衣擦れの音まで聞こえてくるような錯覚に襲われる。

　やがて、洗面所の引き戸が開く音がした。廊下に出た足音と、引き戸を閉じる音。そして気配が歩きだす。

「……え？」

　音を気配を全身で追いかけながら、融は開いたままのドアを見つめる。それと前後して、少し離れた場所でドアが開閉する音がした。動き回る気配があったかと思うと、じきにそれも消えてしんと静寂《しじま》が落ちてくる。

　そろりと腰を上げた。寝室のドアから廊下に出ると、その先にあるリビングのドアが目に入る。木目のそのドアに嵌《は》まった縦長の磨《す》り硝子《ガラス》の向こうは、すでに明かりが落ちて暗かった。

　むっとするより、ひどく情けなくなった。ぐっと奥歯を噛みしめて、融は廊下を歩きだす。わざと足音を殺さずリビングのドアを押し開けた。

「――どうした？　喉でも渇いたのか」

「前原さんは、何でそこで寝てるんですか？」

　廊下の明かりはセンサーで反応するらしく、融の背後からリビングを照らしている。台形に広がったその明かりの中、前原がソファの上で身を起こしているのが見て取れた。融の問いに苦笑する手には、被っていたらしい毛布が握られている。

「今日はいろいろあったからな。身体を伸ばして休んだ方がいい」

「それだと前原さんが窮屈だし、風邪ひくじゃないですか。いいから寝室に来てください」

「一晩くらい大丈夫だ」

「だったらおれだって、一晩くらい一緒のベッドでも平気です。前に泊めてもらった時も一緒に寝たんだし、勝手に前原さんを襲ったりもしませんから心配しなくていいですよ」

　言いながら、自分の声が切り口上になっていくのがわかった。それを必死で堪えて、融はソファに近づくと、前原の腕を掴んで、強引に寝室に引っ張っていった。

　されるがままについてきた前原は、見るからに困った顔をしていた。それを承知でぐいぐいと背中を押して、無理にもベッドに座らせて転がそうとしたら、さすがに肘を取られて阻止された。

「やはり向こうに行く。ここは田阪がひとりで使いなさい」

「厭です。どうしてもと仰るなら、おれがソファで寝ます。前原さんよりちっこいですし、その方が妥当ですよね」

「おい？」

「さっきも言いましたけど、おれ、何もしませんから。そもそも何かできるほどの経験もないですし、前原さんにおれみたいのは物足りないのもわかってます。だから安心して、隣で寝てるのは丸太だとでも思っといてください」

　ひとりで勝手に拗《す》ねているだけだ。妙なふうに勘違いして緊張して、覚悟がどうとかまで考えたのに、肝心の前原には最初からその気がなかった。それをこんな形で思い知らされて、恥ずかしさのあまりやつあたりをしている。

「何なんだ、それは。どこがどうなったらそんな話になる？」

　目が合った前原は、複雑そうな声音そのものの何とも言えない顔つきでじっと融を見上げている。

　もう慣れたはずの強い視線に少しだけ気圧《けお》されながら、融はやっとのことで言った。

「違うんですか。だったらここで一緒に寝てくれますよね？」

「本気で言ってるのか。どういう意味だかわかってるのか？」

「意味って、そんなのただ寝るだけなんだし」

「俺とおまえはついさっき、恋人同士になったばかりだ。同じベッドを使ったりしたらどうなるか、想像はつくだろう」

　前原の声が低くなる。どこか脅《おど》しを含んだような物言いに、先ほど無理にも呑み込んだはずの気持ちが破裂しそうになるのを堪えて、融はむっと眉を寄せる。

「想像は、しました。けど、前原さんにはその気がないんですよね。……念のため確認しますけど、前原さんて初めては面倒だから相手にしない人だったりします？　それならおれ、どっかで準備――」

「待て。初めては面倒というのは何なんだ。準備とは、どういう意味で言っている？」

「昔の知り合いに、初めての子はあとが面倒だから絶対相手にしないって人がいたんです。前原さんもそうだったら、おれもどっかで経験してこないと駄目かな、と」

「……融」

　不意打ちで下の名を呼ばれたことで大きく跳ねた心臓が、あとに残る唸《うな》るような響きで一気に竦み上がる。怒っているのはこちらだと無理に奮い立たせた気持ちも、じいっと見上げてくる前原の目を見ただけで呆気なく萎えた。

　ずんと落ちた沈黙の重さに、ベッド横で突っ立ったまま動けない。そんな融を無言で眺めていた前原は、やがて大きなため息をついた。

「一日仕事をしたあとで三橋に飲まされて酔い潰れて、やっと家に帰ったかと思えば面倒な相手にさんざん絡まれる。そのあとで俺に強引にここまで引っ張ってこられた。――今日は融にとってそういう日だっただろう？　身体的にも精神的にも疲れているはずだし、夜も更けているからまずは休むことが先決だ。そう思ってベッドを譲ったんだが、融にとっては余計なことだったのか？」

「そ、んなことないです！　そうじゃなくて」

「俺までここにいたら、まず朝まで眠れなくなる。いくら何でもそれはまずいと思ったんだが？」

「…………」

言われた内容は、よく考えればひどく意味深で、融は目を瞠《みは》った。

「前原さん、……おれ相手だからそういう気にならない、んじゃなくて？」

「そう思った理由を詳しく訊きたいが、次の機会に取っておくとしよう。――で、どうする？　途中でやめろは聞かないが、それでもいいのか」

下ろしていた右手を取られる。指の一本一本を順に撫でられながら、目の前で逃げ道が塞がれたような、自ら袋小路に突っ込んでいったような気分になった。

「……すみません。おれ、拗ねてたみたいで」

「拗ねてた？」

「超がつく初心者なんで、面倒だろうし。前原さんには、そういうのはつまらないかもって」

ぽそぽそと続けた言葉に応じるように、指先を強く握られる。その動きに促されるように顔を上げると、前原は何とも言えない複雑な苦笑を浮かべてまっすぐにこちらを見ていた。

「初心者なのか。まるっきり？」

「そう、です。つきあってた女の子たちとも、せいぜいキスしたくらいで」

「なるほど。それは嬉しいな」

「はい？」

思わず、融は前原を見つめる。考えるふうに首を傾《かし》げていた前原は、ややあってひとつ頷いてこちらを見た。

「どうやら俺は、融が初心者だというのがかなり嬉しいらしい」

「！」

前原は、自分のその考えにいたく感心だか納得だかをしているようだ。

言われた融の方が、恥ずかしくて死にそうな心地になった。今すぐにでも飛んで逃げたいのに、するすると指に絡んで動く体温さえ振り切ればすむのに——どうにもこうにも、固まったように動けなくなる。

「ところでさっきの質問の返事だが、そろそろ聞かせてくれないか？」

静かな声に残る響きに、確認の色がある。きっと、ここで首を振ればまだ逃げられる。承知の上で、けれど考える前に頷いていた。それが合図だったように、絡んでいた指先がするりと離れていく。

たったそれだけのことに、ひどい喪失感を覚えた。それを見計らっていたように、大きな手のひらがすっと差し出される。

「融。——おいで」

いつもとどこか違う声に無意識に身を縮めながら、融は自分の手をその手のひらに預けた。

この部屋の天井は、こんな色だったろうか。

薄暗い天井を見上げて浅い呼吸を繰り返しながら、融は思った。

前にこの天井を見たのは、泊めてもらったあの真夜中だった。上から覆いかぶさってきた前原の肩越しにも、淡い色に何かの模様があったように思った——。

「っあ、ん、……んぅ、」

逸れていた思考を咎《とが》めるように、するりと伸びてきた指に胸元の尖《とが》った場所を探られる。痺れて感覚が鈍いはずのそこをやんわりと押し潰されただけで、芯の部分にぴりっとした熱が走った。浮いた肩はそのままに、跳ね上がった腰を強い腕で押さえこまれて、逃げ場のなさに視界が滲む。

「や、……も、無理っ」

必死に訴えても返事はなく、代わりに先ほどから聞こえていた水気の混じった粘着質な音がひときわ大きくなった。腰から背すじを走った悦楽に、融は何度も首を振る。

首だけ起こした視界に入るのは大きく広げられた自分の両脚と、その間に沈む髪の毛だ。身体の中で最も過敏な箇所を、恋人になったばかりの人に捉《とら》われて唇であやされている。

「まえはら、さ……っ」

訴えた声が、掠れて音になる。悲鳴じみて跳ね上がった自分の声の響きには露骨な色が載っていて、頭のどこかでひどい羞恥を覚えた。どうにか押しのけようにも、伸ばした指はさらりとした髪に絡むだけで、かえって緩やかなその動きと、腰の奥から起こる溶けるような悦楽が連動していることを思い知らされた。

――まさか、こんなふうになるとは思ってもみなかった。

その手のビデオを見たことはあるから、男女がベッドでどういうことをするかはそれなりに知っていた。けれど、前原は男で融もそうで、だから迂闊《うかつ》にも子どもの頃にやった触りっこのようなイメージしか抱いていなかった。

（融。――おいで）

あの言葉のあと、手を引かれて前原の隣に座ったら、頬や顎を撫でられてキスされた。

最初のキスは真夜中で半分夢見心地だったからぼんやりとしか覚えていなかったし、二度目の自宅アパートでは何が起きたのかわからないまま翻弄された。三度目の、前原が住むこのマンションの玄関先でのキスもうまく状況が読み取れず混乱していたから、融が現在進行形で認識したのはリビングでのキスが初めてだ。けれど寝室でのこのキスは、それ以前に前原本人の気配がまるで違っていた。

初めはそっと触れてきたはずのキスは、すぐに歯列を割って奥を探る深いものに変わった。唇をなぞられ、頬の内側や上顎を擽《くすぐ》られて、ぞくぞくと震える背中を大きな手のひらで撫でられる。息苦しくなる寸前に呼吸を許され、ほっとしたとたん耳朶やうなじを啄まれて、ひくりと揺れた肩を強く抱き込まれた。繰り返されるキスの間、宥《なだ》めるような手のひらに肩や背中、頬や首を撫でられて、前原の寝間着にしがみつくことしかできなかった。

　キスされるたびじわじわと身体が熱くなって、頭がぼうっとしてきて——気がついた時にはもう、ベッドの上に横たえられていた。上になった前原にまたしてもキスをされて、その頃には少しは慣れてきていたから、必死で目を開いて恋人を見つめていた。そこかしこを優しく撫でる手のひらと低く名前を呼ぶ声と、合わせられる視線のいつもとは違う甘い色だけで十分に満たされていて、——だから、キスを耳元や喉へと移した前原の手のひらが大きすぎる寝間着の隙間からじかに触れてきた時も、一方の、そこだけ色を変えた箇所を弄《いじ》り始《はじ》めた時にも「あれ」と思ってしまった。

融の胸は当然真っ平らで、女性のような膨らみはない。何でそんなところを触るんだろうと不思議に思っている間にも何度も撫でられて、そのせいかどうか変にむずがゆい。喉仏のあたりをざらりと舐められる感触にぞくんと走った悦楽が摘まれたそこにも移って、気恥ずかしさに慌てて前原の手首を掴んだ。

（あの、おれ女の子じゃないし！　そんなとこ触っても楽しくないと思います）

　間違いなく真っ赤になっていただろう融を吐息が触れる距離から見下ろして、前原は艶然《えんぜん》と笑った。

　背すじから腰がぞくんとするような笑みに、危うく酸欠になりかけた。これは誰だと一瞬思って、ふいに思い当たる。自宅アパートでの長いキスの間に、ちらりとだけ前原のこの顔を見た気がした。

（知らないのか？　男でも女でもここはちゃんと感じるようにできてるんだ）

（や、でも、おれ男だしそういうの……っ）

（融は、俺に触られるのが厭なのか？）

（厭、じゃなくて、変、で）

（それは気にしなくていい、じきによくなる）

いや気にするだろう、とはどうしてか言えなかった。かといって前原に「厭だ」とも言いたくなくて、結局はいつの間にか大きくはだけられていた寝間着の前を掴むしかなくなる。必死で、「ちょっと待ってくださいっ」と訴えた。

そうしたら、長い指にするりと顎から喉を掴まれたのだ。額に額を押し当てるようにして、腰に響く低い声で切り返された。

（いつまで？）

（いつまでって……）

（具体的に言ってもらえれば待つつもりはあるが、できれば短くすませてくれたら助かるんだが？　こちらとしても、そう余裕があるわけじゃないからな）

耳につく囁《ささや》きは、ほとんど吐息のようだ。それでなくとも返事に困る問いに加えて、数時間前までは思いもよらなかったほど近くにいることを思い知った。

（ん？　どうした？）

親指の先で、するりと頬を撫でられる。おまけのように鼻の頭を啄まれて、悲鳴じみた声が出そうになった。

（返事がないなら進めるぞ？）

この時、融が反射的に思ったのは、前原の口下手が実は詐称ではないかということだ。何となくではなく、確実に丸め込まれた。

もっとも、そんなことを考えていられたのもそこまでだった。ふっと目の前で動いた影を目で追った結果、融は前原の唇が自分の胸元の、先ほどまで指で弄られていた箇所に落ちるのをまともに見てしまったのだ。

ぎゃあとかうわとか、色気の欠片《かけら》もない声が出た。驚いて出た手が前原を押し返したのはほんの数秒で、気がついた時にはそれぞれ捉えられた左右の手首がシーツに張りつけられている。

最初は軽く吸いつくだけだったキスに、やんわりと胸元の尖りを食われる。舌先で押し潰され、円を描くように周囲をなぞられながら、もう一方は指先で捏《こ》ねられ押し潰された。そのたびに、肌の底からぞわぞわと浮いてくる感覚は未知なだけに違和感が強く、それ以上に見た目の刺激がありすぎて、融は呼吸を詰めたまま動けなくなる。

（……待っ）

（だから、いつまで？）

やっとのことで口にした言葉に、答えようのない問いで返される。胸元に唇をつけた前原に目だけで見られて、その光景に頭がくらくらした。そのあとはもう、声にならない声を上げて少しずつ広がっていく妖《あや》しい感覚に翻弄されるだけになる。

（……ん、ぁ、んう、――っ）

胸元にキスされながら、腰や膝の内側を撫でられる。上半身ははだけていても下はまだ穿《は》いていて、なのに布越しの体温がもどかしくて無意識にもぞりと脚を動かしていた。

そうしたら、その脚の間にさりげないふうに手のひらが滑り込んできたのだ、ぎょっとした直後、かあっと全身が熱くなった。

布越しに前原の手のひらにくるまれたそこが、いつの間にか形を変えていたからだ。焦って腰ごと逃げようとしたらかえって深く握り込まれて、強い羞恥にその場から消えたくなった。

（ちょっ、や、どこ、さわ……っ）

（気持ちいいんだな。大丈夫だ、心配ない）

必死で暴れたはずの脚も腰もやすやすと押さえこまれ、いかにも微笑ましげに至近距離から覗き込まれて、顔だけでなく思考まで爆発したかと思った。子ども扱いされているようで悔しくて、負け惜しみのように口走った。

（前原、さん、意地悪いですっ）

（そうか？　融は可愛いな）

（どうせガキです、けどおれ初心者だって、言っ……）

（初心者はともかくガキってことはないな。ガキはそ

んな顔で誘ったりしない）

もがく融を楽しそうに見下ろした前原の台詞《せりふ》がそれで、冗談じゃないと青くなった。

（誘ってないっ）

（自覚がないのか。それはそれで問題だな）

そんな言葉とともに、形を変えたその場所を布越しでなくじかに強く握り込まれた。少し体温の低い指に心得たように煽《あお》られて、融は短く息を吸い込む。自分で触れた時とはまるで違う、直接神経を弄られているような鋭敏な悦楽に、知らず掠れた声を上げていた。

（途中でやめろは聞かないと言ったろう？）

低い囁きとともに食らいつくように胸元の尖りにキスをされて、今度こそ喉の奥から悲鳴がこぼれた。それを聞きながら、自分がする前提で考えたことはあってもされることはまったく思いもしなかったことに、やっと気がついた。

それからは、前原のペースだった。耳元で名を呼ばれ、胸元を弄られキスをされ、首すじや鎖骨や喉を吸われながら、躊躇いのない手の中でさんざんに煽られる。複数の箇所から同時に起きる鋭い、あるいはじわりとした悦楽は気がつけば身体の奥で繋がっていて、肌の奥の体温をじりじりと上げていく。

制止も懇願もきれいに無視され、どうしようもなく上がる自分の声にまで追い詰められた。息も絶え絶えになった頃には、寝間着のズボンは足首から抜かれてどこかに消え、はだけていただけだったはずの上すらも辛《かろ》うじて片方の腕に絡まるだけになっていた。

なのに、それでは終わらせてもらえなかったのだ。ギリギリ一歩手前まで熱を溜めたその場所を、今度は指先や手のひらとはまるで違う、湿った柔らかいものでくるまれて、ぞっとするものが全身を走った。何が起きたのかとぎょっとして頭を起こすなり目にしたのが、大きく割り広げられた自分の両膝と、その間に沈んだ前原の頭だったのだ。

混乱でぎゅう詰めだったはずの思考が空白になった。耳につく粘ついた水音が他でもない前原が顔を伏せた場所から発していることを、視覚や聴覚以上に触覚によって思い知らされたのだ。

　喉の奥から、今度こそ悲鳴が出た。衝撃的な光景から目を離せないまま意味もなく何度も首を横に振り、右肘をついて、あるいは力の入らない脚を蹴ってどうにか逃げようと試みる。けれど、そのたび腰を掴まれ力尽くで引き戻されて、喘《あえ》ぐしかなくなった。引き剝がそうと伸ばしたはずの指は前原の髪に触れるだけで、あとはもう譫言《うわごと》のように恋人の名を呼ぶばかりになっている。

「ま、えはらさ……、も――」

　何度目とも知れず名前を口にした時、ふいに腰の奥に違和感が走った。無意識に逃げた腰を引き戻されて、再び同じ刺激が起きる。

　過敏な場所は、まだ湿った体温にくるまれている。何かを押し込むような圧迫感はそれより奥の、他人どころかまず自分では触れないところにあった。

「や、っ……！　何し――」

「大丈夫だ。いいからおとなしくしていろ」

　悲鳴を上げて飛び起きるなり強い力で腰を引かれて、融は反動で後ろへと転がる。枕に頭をつけた直後、キスで含まれていた箇所を擦りつけるようになぞられて、神経をじかに弄られたような強烈な悦楽に襲われた。

「……っあ、――待っ……っ、駄目、で、――き、たないからっ……」

「駄目じゃない。汚くもない」

　これが何度目とも知れない制止は、当然のようにいなされた。ぶわりと広がる悦楽に全身から力が抜けて、引っ張ったはずの前原の髪の毛が指の間からすべり落ちていくのがわかる。ほとんど同時に腰の奥を強く穿《うが》たれて、びくびくと腰が揺れた。

　緩やかに抜き差しされる感覚に、身体とは別のところで気持ちが竦む。あり得ない場所に、とんでもないことをされている。理解できたのはそこまでで、その理由がわからない。それでも、寝間着の下を脱がされて間もない頃からその場所に触れられていたことを、うっすらと思い出した。

けれどその時は初めてのことばかりで――前への刺激が強すぎて、まともに考えられなかったのだ。まして聞く余裕など、あるはずもなかった。

「だ、……駄目ですっ――やめっ」

「心配しなくていい。任せて楽にしてろ」

悲鳴の合間にどうにか訴えても、何とか逃げようと頑張ってみても、すべて無駄に終わった。腰を掴んだ腕は少しも緩まず、身動《みじろ》ぐたびに過敏な箇所を刺激されて全身から力が溶け落ちる。痛みや異物感で竦んだ時にはもっと濃い悦楽を与えられて、上げたはずの声は半分どころかほとんど悲鳴に変わってしまった。

「ぅあ」

先ほどまで見えていたはずの天井が、揺らいで滲んで輪郭を失う。色の洪水に、溺れている心地になる。慣れない刺激と初めての感覚に呑まれて、融はいつしか泣きじゃくっていた。

「――泣くな。大丈夫だから、な?」

低い声が耳に入ったのは、そんな時だ。目尻からこぼれた涙を湿った体温に拭われて、融は小さく息を呑む。クリアになった視界の中、吐息が触れる距離に前原を認めて目頭が熱くなった。唇が歪み、ひぐ、という音のような声が出る。

「前原さん……っ」

必死でしがみついた肩を、そっと叩かれる。融、と耳元で名を呼ばれたかと思うと、背中から深く抱き込まれた。肌と肌がじかに触れて、体温が伝わってくる。いつの間にか、前原も寝間着を脱いでいたのだ。

安堵のあまりこぼれた声を、重なってきたキスに呑み込まれる。歯列をなぞり舌先に絡んだキスは、けれどじきに唇から頬へ、目元へと移った。耳朶を齧りうなじを舐めたあと、気がかりとでも言うようにもう一度眦《まなじり》に戻っていく。

ほっとしたせいか、身体から力が抜ける。それを見越したように、眦を舐めたキスが離れていった。耳元で、低い声があやすように言う。

「もう少し、頑張れるか」

「う、ん――?」

返事というより、相槌《あいづち》に近い声だ。けれど前原には承諾に聞こえたらしく、唇に齧るようなキスを落とされる。

「大丈夫だから、力を抜いて。楽にしてろ」

優しい声と同時に、膝を引き上げられる。その直後、腰の奥に圧迫感を覚えて目を瞠った。ぐっと押し込まれる感覚は痛みを伴っていて、喉の奥で引きつった声を上げてしまう。

「……ゃ、あ、……っ」

上げた声を宥めようとしてか、耳のつけ根にキスが落ちる。ゆるりと動いた指で膝の間を握り込まれて、腰から下に溶けるような悦楽が走る。小さく動いた腰をしっかりと摑み直されて、そこがギリギリで放置されていたのを知った。

強い圧迫感に、またしても視界が滲む。逃げようにも逃げられないのは厭というほどわかって、しがみついた背中に爪を立てた。

「ぁ、……う……や、だ――無理っ」

「悪い。――加減、できそうにない」

低い声の、いつになく掠れた響きに、背骨に沿って何かが走った。狙ったように摑まれた先端を撫でられて、滴るような悦楽が広がる。強張っていたはずの腰から力が抜けるのを待っていたように奥にぐっと押し込まれて、張り詰めた痛みに呼吸が詰まる、その繰り返しだ。

「や、だ、……しょしんしゃだって、言っ……」

「うん。大事にする、から」

抑えたような掠れた声とともに、眦から頬へとキスをされた。頬を擦り合わせるようなキスはじき唇に辿りついて、柔らかく呼吸を塞いでいく。

強引さを埋め合わせるようなキスや短い言葉はひどく優しくて、激しい行為とのギャップを感じる。融の張り詰めた箇所を煽る指も同じだけ容赦がなくて、増幅された悦楽はいつしか痛みや違和感までも呑み込ん

で、底のないぬかるみと化していく。

　寄せ返す波が、少しずつ大きくなる。うまくついていけず必死でしがみつくなり耳元で名を呼ばれて、全身に痺れるような感覚が襲った。

「前原、さ……す、き……っ」

　考えたのではなく、浮かぶようにそう口にしていた。そのとたん、少し強引なやり方で唇を奪われ、深いところまで探られる。それが嬉しくて、もっと深くしてほしくて必死で肩にしがみついていた。

「融――」

　最後に融が聞いたのは、いつもと同じようでいつもとはまるで響きが違う低い声での、前原からの告白だった。

14

根っからきれいな人というのは、どんなに不機嫌であってもきれいなものだ。

　エレベーターの壁に背中をつけたまま、融《とおる》は現実逃避気味にそう考えた。

　通勤時間帯の今、会社の一階フロアから上へと向かう箱の中はそれぞれの部署に向かう社員でほぼ満杯だ。もっとも全員が最上階まで行くはずもなく、人口密度は各階で停止するたび減っていく。にもかかわらず融が当初陣取った奥の壁際から動けずにいるのは、同じく一階から乗り込んできた三橋《みはし》がすぐ横に立って、無言でじっと融を見下ろしているせいだ。社内でも目立つ三橋のその行動が人目につかないはずはなく、五階で停止していたエレベーターが上昇を始める頃にはちらちらとこちらに目を向ける者が増えてきていた。

　何しろ、相手は営業部内ばかりか社内でも取り扱い注意の危険物扱いをされている三橋だ。割って入る度胸のある者はいないようで、ひたすら箱の中の空気が微妙なものになっていくばかりだ。

「……あの、三橋さん」

　いくら何でもこれはと思いどうにか顔を上げるなり鋭くなった視線に睥睨《へいげい》されて、反射的に手で口にフタをしていた。六階フロアでエレベーターを降り、営業部に入ってからも三橋は融の傍にくっついていて、じきに始まった朝礼中もそれが終わったあとにも張りつかれることになった。

　理由など、訊くまでもない。何しろ三橋は先週末に前原《まえはら》が酔い潰れた融をタクシーで送り届けたのを知っているし、融の気持ちだけでなく前原の考えすらも見透かしていそうな人だ。融の顔を見るなり週末に起きたことを悟ったとしても、何の不思議もない。

　……こういう時、自分はどうすればいいのだろう。注がれ続ける視線にひたすら困っていると、背後から少々辟易《へきえき》したような声がした。

「三橋。おまえはいつから田阪《たさか》のストーカーになった？」

　前原の声だとすぐにわかった。明らかな助け船なのに気恥ずかしさが先に立って、まともに顔が上げられない。いったいどんな顔をすればいいんだろうと思い、それを訊いた時の昨夜の前原を思い出した。

（基本的にはいつも通りでいい。おまえが俺に懐《なつ》いているのは、課長も知ってるしな）

　そのいつも通りが難しいのにと、思いながらちらりと顔を上げた。

「なってません。前原さんのストーキングなら楽しいでしょうし、ぜひともやってみたいとは思いますけど」

　土曜日は当然として日曜日の夜になっても融を離してくれなかった恋人は、三橋の即答に困惑したように黙った。

　三橋に張りつかれる融を見かねて声をかけたものの、すっきりした笑顔でとんでもないことを言われて返答が見つからなかった、というところか。――正直、気持ちはよくわかるので責める気にはなれなかった。

「それはそうと打ち合わせを始めましょうか。今日の午前の予定でしたよね？」

「ああ。品数分の見積もりは用意してある」

「でしたら――」

　そのまま始まった打ち合わせのおかげで、三橋はようやく融から離れた。

　心底安堵して、融はふたりの邪魔をしないよう単独での予定確認に入る。今日は午前中に担当取引先を回って、午後に西山《にしやま》と新規取引先への挨拶をする予定だ。午後の待ち合わせ場所や時間も先週のうちに決まっているから、あとは前原にスケジュールを伝えればすむ。

「そうだ、田阪は今日の仕事上がりにオレとつきあうように。まさか、厭《いや》だとは言わないよね？」

　前原との打ち合わせを終えるなり、三橋が融を振り返って言う。頷く以外の選択肢はなさそうな気配だが、無言でひたすら眺められるよりもその方がずっと気楽だ。なので素直に首肯すると、三橋は「じゃあそういうことで」と笑みを浮かべた。ついでのように、物言いたげに見ていた前原に釘を刺す。

「前原さんは参加不可です。オレと田阪の親睦会ですんで」

「……おい」

「ついてきてもいいですけど、席は離れてくださいね。あと、その場合の支払いは任せますんでそのつもりでお願いします」

　づけづけと言って、にっこり笑う。その笑みを、やはりきれいだと思った。どうにもこうにも、やっぱりこの人は憎めない。

「今夜、本当に行くのか」

　三橋が離れていったあと、融の予定確認を終えるなり前原が言う。少し出るのが遅れたため、エレベーターに乗っているのはふたりだけだ。

「はい。あそこまで言われてしまいましたし」

「……わかった、俺も一緒に行こう。夜はそのままうちに来るように」

　硬い声音の最後に付け加えられた言葉に、融はじっと前原を見上げる。それをどう思ったのか、前原は眉を寄せた。

「厭なのか？」

「いえ、そうじゃないです。お邪魔します」

　素直に答えたら、満足げな笑みが返ってきた。滅多にない表情を見上げて、融はほんわかとした気持ちになる。

　恋人になった前原は、意外なくらい甘かった。おまけにきちんと考慮もしてくれているから、明日の仕事に支障を来すこともないはずだ。

　……土曜日の昼前になってようやく目を覚ました時、融はもろもろのダメージでろくに動けなくなっていたのだ。それを、前原は不器用だけれど一生懸命に介抱してくれた。結局泊まることになった昨夜も同じベッドで休んだけれど、翌日の仕事に配慮してただ寄り添って眠ったのだ。だからこそ、今日こうして無事に出勤できている。

「じゃあ、行ってきます。前原さんも、気をつけていってきてくださいね」

　別行動になるため、社用車も当然別だ。それぞれ車に乗り込む前に声をかけると、前原はシルバーフレームの眼鏡の奥で目元を和らげて頷いてくれる。それに安堵して、融は運転席に乗り込んだ。


　どうやら完全に行きつけになったらしく、終業後に三橋が融を連れていってくれたのは先日三人で食事をしたあのダイニングバーだった。案内された席は、前の二回とはまた違うテラスに面した窓際のテーブルだ。

「――で？　結局のところ、まとまったんだよね」

　オーダーを聞いた店員が下がっていくのを待ってい

たように、三橋はじろじろと融を見る。行儀悪く頬杖をついているので、上半身がすっかり斜めになっている。

一拍返事に迷ったものの、隠したところで間違いなく無駄だ。観念して素直に頷いた融を眺めて、三橋は「ふうん」と鼻で息を吐く。

「……面倒くさ。ていうか、残念。まとまらなかったら指さして笑ってやろうと思ってたのにさあ。だいたいオレの前でいつまでやってんだって感じだったんだよねー。本当、鬱陶《うっとう》しいっていうかむかつく」

面と向かってはっきり聞かされた内容に、融はぽかんと口を開ける。その言い方では、まるでずいぶん前から何もかも承知していたようにしか聞こえない。

「すみません、その……いつ頃から？」

「歓迎会のあとの週明け。おまえが前原さんちに泊まったって聞いてすぐ」

「そんなにすぐわかったんですか。何でですか？」

「おまえ、それ誰に言ってるわけ。オレがどんだけあの人を好きで追っかけてたと思ってんの？　珍しい顔でおまえのこと見てるとか前より表情出てきたとか特別扱いしてるとか、気づかない方が間抜けなんだよ」

真面目に訊いたのに、十数倍の勢いで言い返された。ふんと鼻で息を吐いて、三橋は忌々しげに融を見る。

「おまえはおまえで、丸出しってくらいわかりやすいしさ。あんまりむかつくから邪魔する気満々だったのに、そんなことするまでもなく全然まとまらないし。本っ当、見ててうんざりした」

「はあ……あの、三橋さん」

「言っとくけど、謝ったら本気で絞めるよ」

言いかけたとたん、真顔で釘を刺された。剣呑な声音に固まった融を斜めになったままで眺めて、三橋は言う。

「おまえだって本気だからあそこまで面倒くさく悩んだんだろ。……どうしたって前原さんはひとりしかいないんだし、今回はたまたま田阪がよかっただけで、可能性でいえば両方振られてたのかもしれなかったんだし？」

「おれ、そんなに面倒くさいですか」

「とんでもなく面倒くさいから、そのくらい自覚しとけば。あと、オレに変な気を遣ったら十倍にして報復するからその覚悟できな」

「十倍にして報復……」

あまりの物騒さに身を縮めた融をよそに、三橋は顰《しか》めっ面《つら》で横を向いてしまった。

「もともとオレは前原さんにフラレてたんだし、本気の恋愛はしない人だって知ってて強引に迫ったんだし。もっといい加減な人ならよかったんだろうけど、だったらここまで好きにもなってなかったろうし」

そう言って、三橋はじろりと融を見た。

「おまえに前原さんをけしかけたのはオレだから、同情される謂《い》われはない。壊れても構わないと思ってやったことだし、くっついたからって文句言うわけにもいかないだろ。むかつくし腹も立つけどしょうがない、諦《あきら》めてやるよ。——前原さんの好みが田阪みたいなお子さまなら、大人なオレが相手にされないのも無理ないし？」

鼻で笑われて、融はさすがに抗議する。

「お子さまって三橋さん、おれもう二十四……」

「四捨五入したら二十歳《はたち》だろ。お子さまで十分だ。ってことで、もう用は終わったからオレは帰る」

「は？」

言うなり腰を上げる様子に、既視感を覚えた。

初回のあの時は最後まで食事をし、残すところデザートとコーヒーだけだったはずだ。今日はまだ、最初の料理すら届いていない。

「待ってください。さっき、料理もお酒も二人前頼んでましたよね⁉」

「根性出して残さず食べな。ここの料理、気に入ったって言ってたろ。どうせ支払いはオレでもおまえでもないし、気にしなくていいんじゃないの」

「いえおれが払いますけど！　でも、おれは三橋さんと食事だと思ったから来たのに」

「そんなもん知るか。こんなとこでおまえの顔見てるより、いい男探しに行った方がよっぽど楽しいっての」

テーブルに手を置いたまま「けっ」などと言われて、その顔でその台詞《せりふ》はやめてほしいと密かに思った。そんな融に、三橋はにっこりと笑みを向ける。

「一応、忠告しといてやる。前原さんて結構な見た目詐欺だぞ。あれで全然恋愛慣れしてないからな」

「え、でも三橋さんとつきあってたんですよね？　それに、前は他にもそういう人がいたって」

「それ、全部セフレだろ。たぶんおまえ、前原さんの初恋じゃないの？　何しろすることなすこと恋愛成分低いっていうかほとんどなかったし、アレでまともな恋愛経験があるとは思えないね。ってことで、この先面倒くさそうだしせいぜい頑張りな」

「初恋って、まさかそれはないと思いますけど」

言い返しながら、三橋の笑顔に鼠《ねずみ》を見つけた猫を連想した。どう言うのか、意地悪そうで楽しそうな顔なのだ。

「大アリだよ。ちょっとでも恋愛慣れしてたら、あそこまでこじれる前にどうにかまとめるもんだろ。オレが前原さんだったら、おまえなんか歓迎会の夜に丸ごと食って終わってたって」

「丸ごとって、あのですね」

「恋愛慣れしてないくせにアッチの場数だけは踏んでるっていう、アンバランスなところに危うい色気があって好きだったんだけど――って、言ったところでお子さまにはわからないか。お任せして足腰立たなくなるまで可愛がってもらえば、おまえももう少し大人になれるんじゃないの」

「………」

三橋と話しているとよく思うことだが、もう少しオブラートにくるんでくれないだろうか。三橋のようなきれいな人の口からは、できれば聞きたくない内容だ。

赤くなった顔を持て余す融を面白そうに眺めて、三橋は軽く首を竦めた。

「どっちにしろ、オレはもうおまえらのことには関与しないから。拗《こじ》れても自力で何とかしな。ま、別れる時くらいは助けてやってもいいけど？」

　言うなり背を向けかけて、思い直したように振り返る。テーブル沿いに歩み寄ってきたかと思うと、融の顔を覗き込んで艶《つや》やかに笑った。

「おまえさ、前原さんの泣き所って知りたくない？」

「……泣き所、ですか？」

「そ。教えてほしくなったら訊きに来な。ただし、前原さんには絶対言うなよ。オレとおまえの秘密、だ」

　向けられた笑みが、ふいに妖《あや》しいものへと変化する。それにどきりとした時にはもう、三橋は背を向けて歩きだしていた。出入り口へ向かう途中、見覚えのある長身――前原とすれ違う。

「あれ、前原さん？　何で」

　帰り際に融が確かめた時、前原は書類の山に忙殺されていたはずだ。三橋曰く「面倒な書類を任せてきた」とかで、「助けは期待できないから」と冗談めかした意地悪い顔で言っていた。それ以前に、融たちがどの店にいるかなど前原には知らされていないはずだ。

　なのに、どうして。

　疑問に思った融から離れた場所で、前原が三橋を呼び止める。何やら話し込んでいたかと思うと、三橋が示したこちらのテーブルに目を向けてきた。

　表情の薄い顔が、融を認めてほっとしたように色を変える。その変化に、つい頬が緩んだ。思わず手を挙げてみせた融に応じかけた前原は、三橋に腕を摑まれ何事か囁《ささや》かれている。

　やっぱり仲がいいなと思い、ほんの少しだけむっとした。腹が立つとまでは言わないし、割って入って邪魔しようとも思わない。けれど、気持ちのどこかがじりじりと焦げるような感覚は確かにある。

　いわゆる焼きもちというやつだ。冷静に分析しながら、融はおとなしく席から二人の様子を見ていた。

　先ほどの三橋の態度の意味に、今になって気がついたからだ。二人分の予約をしオーダーもすませて、なのに自分は関係ないと席を立った彼が口にした、あの言葉を思い出した。

（どうせ支払いはオレでもおまえでもないし）

　つまり、最初から前原を呼ぶ予定だったということだ。そう考えれば行きつく結論は決まっていて、融は苦笑してしまう。

「やっぱ、敵わないよなあ。……けど、前原さんの泣き所って何なんだろ」

　融にとっての前原は、何でもできる大人の男だ。いつでも泰然として、滅多に乱れない。そういう人に泣き所があるんだろうかと思い、変にむずむずしてきた。

　知りたいと、思ってしまったのだ。三橋への対抗心もあるけれど、なにより前原のことなら何でも知りたい。

　首を竦めた三橋が、前原に何か言っている。急にこちらを見たかと思うと、ひらひらと手を振ってきた。

　素直に手を振り返したあとで、前原がやけに苦い顔でこちらを見たのを知った。


　店の出口に向かった三橋を渋面で見送った前原が、こちらに歩いてくる。相変わらず薄い表情の中に不機嫌な色があるのに気づいてきょとんとしていると、すぐ傍に立った前原にいきなり肘を取られた。

「帰るぞ。食事するなら場所を変えよう」

「え、だってもう、オーダー通って……」

　慌ててそう口にしたタイミングで、「お待たせいたしました」と声がかかる。目の前のテーブルに二人分の酒と料理をセッティングされてしまった状態では帰ると言いだせなかったらしく、最終的に前原は渋々と席についた。

「いったいどういう状況なんだ？」

　グラスのビールをほぼ一気飲みした前原は、それ以上飲む気はないようで残りの料理が届いても酒の追加を頼もうとしない。口にはしないものの、さっさとここを出たいと言わんばかりだ。

「どうっていうか、前原さんはどうしてここに？」

「仕事が終わった直後に、課長に三橋からのメモを渡された。そこに、この店の名前があったから来てみた。——おまえがいるなら連れ帰ろうと思っていた」

「そうなんですか。えーとですね、これからも頑張れっていう三橋さんからのエールなんじゃないかと」

庇うつもりではなく素直に言ったのに、前原は不穏に目を眇《すが》めている。

「あいつがそこまで殊勝か？　前から思っていたが、おまえは三橋に夢を見すぎだ」

「いえ、そのまんま言われましたよ？　いろいろオマケがついてたのでちょっと説明しづらいですけど」

「オマケとは何だ。何を言われた？」

前にも思ったけれど、前原は食べ方がきれいだ。少々雑になる自覚があるだけに、融は要自己研鑽《じこけんさん》と心に留めておく。

「何っていうか、おれのこととか三橋さん本人のこととか、あと前原さんのことですけど。初恋だろうとか気をつけろとか、……あ、それと前原さんの泣き」

うっかり言いそうになって、まずいと引っ込めた。持っていたビールを飲み干してグラスを置いてから、真顔の前原にじっと見つめられているのに気づく。

シルバーフレームの眼鏡の奥で、前原の目が光ったような気がしてぴんと背すじが伸びた。

「初恋？　何を気をつけろと？　それに、俺の、何だって？」

「や、初恋っていうのはおれ本人の話なんで！　自分から好きだって思った人は前原さんが初めてだっていうのが、三橋さんにバレましたっ」

直感に従って内容を改竄《かいざん》する。嘘ではないし、黙っていたけれど間違いなく三橋にはバレているはずだ。いずれからかわれる可能性が高いことを思えば、前原に白状しておくのも有効だろう。

そんな思いで口にしたのに、前原の表情は目に見えて柔らかくなった。気のせいかどことなく嬉しそうで、その理由に思い当たって融の顔まで熱くなってしまった。

もっとも、それできれいに騙《だま》されてくれるような人ではない。するりといつもの薄い表情に戻ったかと思うと、じいっと融を見据えて「それで？」と先を促してきた。

「他はですね、おれがあんまり面倒臭くて鬱陶《うっとう》しいから前原さんが気の毒だとか、気をつけないととかって話でした。詳しいことが知りたかったら、あとは直接三橋さんに訊いてもらった方がいいかな、と」

返事に詰まって言葉を探した結果、最後は丸投げになってしまった。三橋が知ったら呆れて嫌味を言ってくること間違いなしだと確信し、融はつい笑ってしまっていた。

週末を前原と過ごしながら、気持ちの片すみに三橋のことが引っかかって消えてくれなかったのだ。前原のことを諦めるつもりもないけれど、だからといって三橋の存在をなかったことにもできなかった。

その引っかかりを、三橋本人がぶち壊してくれたのだ。気を遣われるのも同情されるのも真っ平だと、彼らしい言葉で伝えてくれた。本当に、まっすぐできれいで、融には到底敵わない人だと改めて思う。

「残念ですよね。どうせだったら、三橋さんも一緒に食事できたらよかったのに」

もっともあの様子では、とびきり厭な顔で「何でオレがおまえらにつきあわなきゃならないわけ」とでも言われて終わりそうだ。そんなことを考えていた融は、テーブルが妙に静かなことに気づいて顔を上げた。

「……前から思ってはいたんだが。おまえ、結構三橋のことが好きだろう」

やたら事務的な口調で言う前原の顔は、無表情を通り越してロボットのようだ。そのくせ、目だけは鋭く融を見据えている。

「好きですよ？　当初からよくしてもらってますし。今日も、結局は気を遣っていただいたんだし」

「——なるほど」

返ってきた声はいつになく低く平淡で、融は首を傾《かし》げる。

「どうかしたんですか？」

「いや。とにかく先に食事だ。あとはうちで飲み直そう」

聞き慣れた口調で言われて、素直に頷いた。

そういえば、前回ここに来た時も前原はあまり飲んでいなかった。好みの酒を置いてないのか、どうせ飲むなら行きつけの方がいいのか。どちらもありそうだと納得してフォークを手に取った。


「三橋が好き、というのはいったいどういう意味なんだ？」

その夜、連れ帰られた前原のマンションでごく冷静に、けれど執拗《しつよう》に追及されて、初めて融は自分が大きな地雷を踏んでいたことと、前原が予想外に焼きもち焼きだったことを知った。

初恋

■

日付が変わる寸前に、電車に乗り込んだ。

金曜日の夜で終電には早いせいか、車内はそこそこ空いている。座る気もなく扉の前に立つと、前原《まえはら》は窓の外を流れる夜に目を向けた。

夕飯を終えたあと、行きつけのバーで飲んできたのだ。いつになく長居したためそこそこ飲んだはずだが、あまり酔った気がしない。それどころか、今ひとつ帰る気になれずにいる。

こんなふうに感じるのは、我ながら珍しい。仕事が充実している分、休日の解放感は格別で、これといった予定がなくとも早めに帰宅するのが、前原のスタイルだったはずだ。

原因は、わかっている。今日の終業前に起きた、ちょっとした出来事のせいだ。端折《はしょ》って言ってしまえば、できて間もない恋人と過ごすはずが予定外のことで反《ほ》故《ご》になってしまった。

どうやら自分は思っていた以上に、この週末を楽しみにしていたらしい。

小さく息を吐いて、前原は今日最後に話した時の恋人——田阪《たさか》融《とおる》の顔を、思い出す。続いて、退社直後に一緒になったエレベーターの中で三橋《みはし》から言われた言葉が脳裏によみがえった。

（田阪、課長と西山《にしやま》と飲みに行ったんですねえ。つきあい始めて最初の週末なのに別行動って、ちょっと空しくなったりしませんか？）

（……田阪にもつきあいがある。西山には仕事で世話になっているし、課長に誘われては断りようがないだろう）

（だからってひとりで行かせます？　あんな警戒心がないの、放置するのはどうかと思いますけど。オレだったらもっと身辺に目を光らせますね）

担当取引先から爽やかで親しみのある好青年と評されている三橋は、けれど社内ではおそろしく無愛想で他人に無関心だ。とはいえごく稀に例外を作ることもあって、かつては前原に対して懐《なつ》く素振りを見せていた。

その三橋の態度が豹変《ひょうへん》したのが、四日前の月曜日、つまり前原と融が恋人同士になって最初の出勤日だ。具体的には、以前は見せなかったにやにや笑いで何かと前原を煽《あお》るようになった。それも、毎回必ず融絡みで、だ。

（俺は仕事があったのでね）

（前原さんがやってた書類って緊急性なかったですよね。その気で進めれば十分一緒に行けたと思いますけど、もしかして拗《す》ねてたとか言います？）

件《くだん》の仕事は三橋と連名で担当していて、つまり内容はほぼ筒抜けだ。前半の台詞《せりふ》は図星だが後半の言い分は予想外で、前原は唖然とする。それを面白そうに眺めて、三橋はにっこり笑った。

（田阪って、見た目も中身も結構男受けしますよね。おとなしそうに見えてガッツがあって、素直なくせにつつくと過剰反応して面白い。何ていうか、可愛いんですよ。ついちょっかいかけたくなります）

露骨な言い分に眉を顰《ひそ》めた前原に、三橋は笑顔でとどめを刺した。

（前原さんて田阪が初恋ですよね。気をつけないと、横からかっ攫《さら》われますよ）

……鼻歌混じりに足を速めた三橋の背中がずいぶん先になってから、余計な世話だと言い返せばよかったと気づいた。何とも苦い気分で、その時前原は頭を振ったのだ。

融が、他の社員たちに構われているのは事実だ。慣れてきたとはいえ新人であれば当然で、三橋が言うように素直な反応がみんなに気に入られてもいる。取引先の引継の関係で接する機会が多い西山が何かと融を構っているのも、営業部内では見慣れた光景だ。

白状すれば面白くないが、だからといって融の交友関係に口を出すつもりはない。仕事関係の人間と飲みに行かないのは前原の都合であって、それを融に押しつけるつもりもない。何より今日のこの状況に関しては、つまるところ前原がすべてに後手になってしまった結果だ。

月曜日の終業後に融を自宅マンションに連れ帰ったのはほぼ勢いで、以降昨日までの四日間はそこまで時間が取れなかった。二日は夕食をともにしたものの残りの二日は帰りも別で恋人としての時間はほとんど取れず、だから週末こそ一緒に過ごそうと決めていた。

そのくせ、融本人にその話をしていなかったのだ。当たり前のようにそうなるものと決め込んでいた。結果、融は先に課長たちの誘いを受けてしまったわけだ。

（前原さんも一緒に行きませんか？）

融からそう言われたものの、気が進まず仕事を口実に断った。情けない話だが、三橋が言ったように拗ねていたのかもしれない。目の前で、課長や西山に構われる融を眺める気になれなかった。

退社準備を終えた融が物言いたげにこちらを見ているのを知った上で、あえて目を向けなかったのだ。西山の声に応じた融が営業部を出ていってから三十分後に仕事を終え、帰宅しようとしたら三橋と一緒になった。わざとらしく煽られてそれでなくとも斜めだった機嫌がさらに下降し、駅近くのレストランで夕食を終えても帰る気になれず、馴染みのバーへ足を伸ばした——。

思いついて、前原は腕時計に視線を落とす。

「零時二十二分、か」

弱いくせに酒好きな課長は、すぐにできあがるわりに潰れるまでがやたら長い。おまけに、興が乗ると延々と長話につきあわされる。そして西山は営業部内でも知られた宴会好きだ。あのふたりが揃った以上、まず朝帰りは免《まぬか》れまい。

考えたとたんに腹の底に不快感を覚えて、ため息をつく。

前原が、どうやら自分は恋愛に向いていないらしいと見切りをつけたのは大学時代のことだ。向けられる好意を迷惑だと言う気はないが、同じだけの好意を返せと言われても対処に困る。だったらお試しでいいと言われてつきあってみても、一方的に振り回されたあげく「何もわかってくれない」「冷たい」と責められるのが常で、だったら利害関係でいいと割り切った。

　釣り合わない感情が人を押し潰すことを、前原はそれなりに知っている。けれど感情とは複雑なもので、好意にも種類というものがある。もう何年も思い出すことすらなかったその事実を、前原は強引に融を自宅マンションに連れ帰った月曜日に再認識した。

（好きですよ？　当初からよくしてもらってますし。今日も、結局は気を遣っていただいたんだし）

　そう言った融を物理的に逃げられないよう腕の中に閉じこめて、精神的に逃がさないために長くて深いキスをした。その間に「どういう意味で好きなのか」を問いつめた結果、「恋愛感情とは違います」という言葉を聞くことになったのだ。

（人として、三橋さんを尊敬するし好きなんですって前に言いましたよね。信じてくれてなかったんですか？）

　息も絶え絶えに抗議する融の、朱《あか》く染まった目元もとろりととけた表情もひどく扇情的で、一瞬目的を忘れかけた。このまま、誰にも見せないようどこかに閉じこめてしまいたい。その考えの衝動じみた強さに、その先に進むのはまずいと冷静な部分で辛《かろ》うじてブレーキをかけた。そのあとで、これが恋愛感情なのだと知ったのだ。

　そうなれば、三橋のあの態度が前原の反応を楽しむための挑発だとすぐにわかった。わざわざそんな真似をする三橋に呆れると同時に、そんな挑発すら見極められなかった自分が情けなくなったのだ。同時に、多少不快でも三橋は放置でいいと判断した。

　計算外だったのは、三橋以外のスタッフ――主に西山への感情だ。引継の関係で行動をともにすることが多いのは承知していたが、それにしても距離が近すぎるようでひどく気になる。

　もともと西山は前原とは対極にいるような男だ。周囲から遠巻きにされ冷たくて人情味がないと言われる前原と、明るく快活でムードメーカーの西山とでは、どちらが親しみやすいかは明らかだ。性別云々については前原自身がかつて女性とつきあっていたことを思えば度外視するしかなく、正直言って融があの男の名を口にするたびに気になって仕方がなかった……。

　最寄り駅で電車を降りて、前原は真夜中の駅前を歩く。早足で進む夜道は煌々《こうこう》と街灯に照らされているのに、人影はほとんど見あたらない。

　――明日の昼前には、融に電話してみよう。昼食が無理でも夕食に誘って、日曜日の予定を聞いてみればいい。

　そう思い、何げなくスーツのポケットを探った。退社前に確認したきりのスマートフォンを操作して、思わず眉根を寄せる。気づかないうちに、通話とメールの着信がそれぞれ数件あったようだ。

時刻はすでに真夜中で、今さらリターンというわけにはゆくまい。確認は帰宅してからでいいとそのままスマートフォンをポケットに収め、自宅マンションのエントランスに向かいかけて気がついた。

「……融？」

　明るいエントランスの手前に、まだ飲みに行っているはずの恋人が、途方に暮れた顔で立っていた。

　声か足音が届いたのか、俯《うつむ》いていた顔がそろりと上がる。前原と目が合うなり、どうしてか今にも泣きだしそうな顔になった。

「おかえり、なさい。すみません、こんな時刻に」

「いや。どうした、何かあったのか？」

口にしたあとで、先ほどの着信を思い出す。詳細を見なかったが、あれは融からのものだったということか。

　連絡先の交換こそしたものの、毎日会社で顔を合わせるせいか、メールは二、三度やりとりをし通話に至ってはまだ一度もなかった。それで、あれが融からとは思わなかったのだ。

　問いに、融がぐっと奥歯を噛む。無理に作ったように笑って言った。

「前原さんの顔が見たかっただけなんです。――じゃあ、おれもう帰りますね」

「待ちなさい」

　言うなり脇をすり抜けようとした腕を反射的に摑んで、前原は目を見開く。いつからそうしていたのか、コート越しに摑んだ融の腕はひどく冷えてしまっていた。

　見上げてきた融が怯《ひる》んだように身を竦めるのを訝しく思いながら、前原は言う。

「ひとりで帰せると思うか？　いいからついてきなさい」

■

　先に暖まるようにと帰宅早々に浴室に放り込んだ融がリビングに姿を見せた時、前原はスーツから部屋着に着替えてキッチンでお茶の準備をしているところだった。

「すみません、ご迷惑……」

「いいからソファに座ってろ。寒ければ毛布を使うといい」

「いえ、おれもう帰ります。ですから、おれの服を」

「どうして帰るんだ。ここに泊まりたくないとでも？」

　キッチンはリビングの一隅を仕切った間取りになっており、カウンターで囲われているため少々の距離がある。それがもどかしくて、前原はリビングに顔を出した。

「そういうわけじゃ……」

「だったら何がある？　言いたいことがあるならはっきり言え」

そんなつもりはないはずだったが、口にした声がいつになく尖《とが》った。リビングのドアの前から動かずにいた融はすぐそれと悟ったらしく、表情に緊張が混じる。ややあって、ゆっくり顔を上げて言った。

「……帰ります。服、出してください」

「言い方が悪かった。すまないが、帰したくないんだ。……ここに、いてくれないか」

融の固い表情を目にして、思わず本音がこぼれた。とたんに目をまん丸にした恋人に近づいて、前原は苦く笑う。

「長く待っていたようだし、用もあったんだろう？　予定がなければこのまま日曜まで泊まっていくといい」

「――あの、いいんでしょうか。前原さん、おれに愛想尽かしたんじゃなかったんですか？」

「何だそれは。どうしてそうなる？」

思いがけない言葉に、耳を疑った。

見返してくる融の表情は、戸惑いこそ混じっているものの真剣そのものだ。じっと前原を見つめて、何かを堪《こら》えるように言う。

「だって前原さん、岡田《おかだ》さんと食事だったんですよね。ずっと、一緒にいたんですよね？」

岡田というのは、営業部の女性アシスタントの名前だ。三橋と別れて駅へを向かう途中、路上でしゃがみ込んでいるのに行き合った。些末なことなので、言われるまで忘れていた。

「帰りがけに出くわして落としたピアスを探すのを手伝ったが、それだけだ。……それよりどうして知ってるんだ？」

前原の返事にも、融は俯いたままだ。サイズが大きすぎる部屋着の裾を、指先できつく握り込んで言う。

「一緒にレストランに入っていくのを、見てたんです。それで、岡田さん、きれいでよく気がつくし、もしかして前原さんは女性の方がいいのかなって」

「目が合って、放置できなかったから手伝っただけだ。ピアスを見つけたお礼がしたいと、食事券を押しつけてきた。そのピアスは恋人からの贈り物で、デートに向かう途中だったらしくてな」

　捜し物を手伝う時、どうせ食事して帰るだけだと口にしたため、断りきれず受け取った。駅前だし自分もそこで待ち合わせなので場所の確認がてら一緒にと言われて同行した結果、ついでに今日使ってしまえばいいといつになく強引に押し切られた。

「同じ店で食事をしたのは事実だが、岡田は恋人と一緒で俺は別のテーブルだ。それは一緒とは言わないだろう」

　淡々と告げると、融は物言いたげに黙った。あえて無言で見返していると、ぽそりと言う。

「じゃあ、どうして一緒に飲みに来てくれなかったんですか？　明日は休みだし、だからおれ、できたら前原さんと一緒にいたいと思ってて」

「……飲みに俺を呼ぶのは気が進まないんだろうと思ったんだが、違ったのか？　西山が声をかけてきた時、聞かれてまずいような顔をしただろう」

「そりゃ、気まずいですよ。正攻法だと断られるだろうからこっそり頼むつもりだったのに、西山さんに先を越されたから。……前原さんが行かないならおれも断ろうと思ってたのに、前原さん、西山さんの前でおれに行ってこいなんて言うし」

　上目遣いに睨《にら》むようにして言うと、融は黙ってしまった。

　自分が思い違いをしていたのを悟って、前原は気分が軽くなる。

「行きたがっているんだと思ったが、違ったのか。おまえ、課長にも西山にも懐いてるだろう？」

「よくしていただいてますし、誘いは嬉しいですからできるだけおつきあいしようとは思ってます。けど、優先順位は前原さんが一番なんです。せっかくの休みだから一緒にいたかったんですよ。——なのに飲みは断られるし、休みの間のことも何も言われないし。あげくに岡田さんと一緒にレストランに入ってくのを見たから、おれ」

「……待ちなさい。あのレストランは駅前だろう。おまえ、飲み会はどうしたんだ？」

　西山はともかく、課長が好む店は少々猥雑《わいざつ》な雰囲気の飲み屋だ。いかにアルコールを出すとはいえ、前原が食事したレストランのような店にはまず近寄らない。あの界隈に課長が好きそうな店は存在しない上、時刻は融たちが退社して小一時間あたり経った頃となれば、どこかの店内で盛り上がっている頃合いだ。

「途中で課長に急用が入ったんです。西山さんとふたりになったから、体調悪いから今日は帰りますって断りました。電話してもメールしても何も返ってこないから、前原さんはまだ社にいるんだろうと思って引き返してたら」

「まさか、レストラン前で俺を見かけたあとここに来て、ずっと待ってたわけじゃないだろうな？」

「…………」

　融はまたしても沈黙する。要するに、肯定だ。

「――適当に夕飯になるものを買ってこよう。融はここで待っているといい」

「いえ！　あのコンビニで適当に買って食べたのでっ」

「コンビニで？」

「はい。その、……前原さん、もしかして朝帰りかもしれないと思ったし。話は無理でも顔だけでも見たかったから」

　申し訳なさそうに言われて、頭を抱えたくなった。

　つまり、融は五時間以上このマンションの下で前原を待っていたわけだ。それでこの時刻に帰宅したのでは、邪推されても仕方なかった。

　額を押さえていた手をずらすと、細い視界の中でじっと見上げている融と目が合う。

　……恋人になる前にも思ったけれど、こういう時の融はどことなく犬を連想させる。それも、飼い主を慕って尻尾《しっぽ》を振っている――自分はひねくれていて狡猾《こうかつ》だと思い込んでいるけれど、実際には素直で騙《だま》されやすい子犬だ。

すっと伸ばした手で、融の腕を取る。エントランスで会った時のような一方的なやり方ではなく、そっと引くことでソファへと促した。

「悪かった。——ひとりの部屋に帰る気がしなくて、例のバーで飲んでいたんだ」

「え」

「俺も、この週末は融と過ごすつもりだったんだが、あの飲みの話で、約束したわけじゃないことに気がついた。融が行きたいなら、つきあいもある以上邪魔するわけにはいかないしな」

「まじですか。……じゃあ、何でこのところ様子がおかしかったんですか？」

　隣り合って座ったソファの上で、前原は融を抱き寄せる。一拍、躊躇《ためら》うように抵抗があった理由は、たった今の問いそのものだろう。

「おかしかったか？　そんなつもりはなかったんだが」

「時々、ぴりぴりされてましたよね。あと、ミーティング前後で離れてる時に、睨まれてるのかって思う時もあって」

　心あたりはあったものの、できれば言わずにすませたかった。無言で思案していると、部屋着の袖を軽く引かれる。

「ちゃんと、教えてください。約束しましたよね？」

「……少しくらい見栄を晴らせてほしいんだが？」

「見栄とかいらないです。本当のことを聞かせてください」

　まっすぐに見上げてくる視線に、負けた。

　前原に怯《おび》えていた頃には気づかなかったけれど、融の目は見ている方が時に困るほど雄弁なのだ。それも、素直で人の好《い》い性格の表れか相手への尊敬や好意ほど強く現れる。そこにまっすぐな言葉が加わるからこそ、あの三橋も気を許したのだろう。

「俺の様子がおかしい時の共通項がもうひとつあるはずだが、思い当たらないか」

「もうひとつ、ですか。でも、職場ですし」

「……課長や西山と仲良く話し込んでるだろう」

「え」

　思いがけないことを聞いたという顔で、融はきょとんとする。その顔を見ているのがあまりにも気恥ずかしくて、前原は顔を背けた。

「三橋に関しては、割り切れたんだ。あいつは確かに融を気に入って構うが、面白がっているだけで俺の存在を前提にしているからな。けど、課長や西山は違うだろう」

「ええと、あの」

「課長は酒には弱いができた上司だし、俺より大人で包容力がある。西山は俺とは真反対だから、一緒にいると気楽で楽しいだろう。おまえの気持ちを疑うつもりはないし、気にしないようにしていたはずなんだが」

　そのつもりになっていただけで、肝心の融には筒抜けだったわけだ。あまりの格好の悪さに、自己嫌悪を覚えてしまった。

「……前原さん」

　しばらくの沈黙のあと、融がふいに呼ぶ。それでも顔を逸らしていると、隣で腰をあげる気配がしたのと同時にひょいと顔を覗き込まれた。ちらりと目が合っても頑《かたく》なによそを向いていると、伸びてきた手に顔を摑まれてとうとう融と向き合う形になってしまう。

「おれも、気にしてました」

「……？」

「三橋さんは以前より前原さんに気安くなってるし、他の社員さんたちは前原さんが変わったって言うし。岡田さんも他のアシスタントも、やっぱり前原さんは格好いいってこのところよく言ってるし」

「――何の話だ？」

　変わったと言われても、心あたりは何もない。三橋は前原で遊ぶことを覚えただけだし、そもそも前原は社内で「見るにはいいが近づくのはちょっと」の観賞用扱いをされていたはずだ。

　つい眉を顰めた前原に対抗してか、融は不満そうに鼻の頭に皺《しわ》を寄せる。ずいと、近く顔を寄せてきた。

「自覚してないみたいですけど、前原さん、前より表情が出てるんですよ。ほんのちょっと笑ったり、声が柔らかくなったりとかですけど、ずっと表情が薄かった分すごく変化が目につくんです。おれが前原さんに構われてるからって、女性社員から前原さんのプライベートを訊かれる頻度も増えてきてます」

「待て。俺は変わってないぞ」

「ですから自覚はないみたいだって言ったじゃないですか。……だから、おれも気にしてるし心配です。アシスタントの女性ってみんな独身で適齢期で前原さんとも釣り合うし、それぞれきれいできちんとしてるし。三橋さんとも前より近く見えるし、課長の話を聞いてると前原さんとつきあいが長くておれが知らないことが山ほどあるし」

「俺は融がいいんだと言ったはずだ」

「おれも、前原さんがいいって言いましたよね」

間髪《かんはつ》容《い》れずに、同じ言葉を返された。真剣そのものだった融の表情がふっと緩んで、前原も思わず苦笑する。

「不公平ですよね。どう考えても、おれの方が分が悪いです。年下だし要領悪いしつきあいも短いし男だし」

「俺の方がよほど分が悪い。融の方が若いし素直で真面目で、周囲ともうまくやっている」

「前原さんは一目置かれてるんです。おれは危なっかしいんで放置したらやばいだけです」

言い合いながら、どちらからともなく笑えてきた。そのまま腕の中に融を閉じこめて、前原は小さく息を吐く。

「悪かった。……気づかれているとは思わなかった」

「好きな人のことは必死で見てますから、ちゃんと気づきます。ちゃんと反省して、認識してくださ——」

最後まで言わせず、語尾ごと呼吸を奪った。

小さく声をあげた恋人が、前原の首に手を回してしがみついてくる。うなじの髪の毛を指で摑まれる感覚にひどくそそられて、性急に唇の奥へと割り入った。

「ん、ふ、ぅ……っ」

「融」

わずかにずらした唇で名を呼んで、返事をさせず再び唇を封じた。腕の中に閉じこめるだけでは足らず、身体を捻《ひね》ってソファの背凭《せもた》れに恋人の背中を押しつける。わずかな逃げ場すら与えたくなくて、全身を捉える形で長いキスをした。最近になってキスを覚えた恋人が、たどたどしく一生懸命に応《こた》えてくるさまがなおさらたまらなくて、前原は深いキスを繰り返す。

何度触れても足りない。そんなふうに感じる相手は、融が初めてだ。自分が、こんな衝動に駆られる日がくるとは思ってもみなかった。

「まえはら、さ――」

長く続いたキスを、唇から耳元へ移す。繊細な輪郭《りんかく》の耳朶《みみたぶ》をなぶるように触れると、とたんに腕の中にあった肩が大きく跳ねた。前原の名を呼ぶ声はキスの名《な》残《ごり》でわずかに掠《かす》れていて、それだけで全身の熱が上がっていく。

誰にも奪《と》られたくはないし、逃がす気もない。その感情がひどく凶暴な熱を帯びていることを、前原は深く思い知った。

POSTSCRIPT

YOU SHIIZAKI

おつきあいくださり、ありがとうございます。出先にて枯れ葉の横に出た新芽を目にして、何とも微妙な気分になった椎崎夕です。

暖冬のおかげにて、冬には行けないはずの某所まで片道五時間のドライブに行ってきました。春夏の気分でハンドルを握っていた結果、帰途についた早々に真っ暗になってしまい、泣きを見る羽目になりました……。

車のナビソフトが古かったわけです。買い換え検討中の車に標準装備のナビに、ソフトの購入を見送ったのですが——久々に、連れともども心底反省するドライブになりました。町中ならともかく、ナビなしで夜の山越えはとっても厭です。

というわけで、今回は社会人同士です。外回りシーンを書きながら、就職したての免許

Alphela URL　http://alphela.biz/
ALPHELA：椎崎 夕公式サイト

取り立ての頃に、離合がやっとの狭くてカーブの多い上り坂途中のお宅まで定期的に出向いていたのを懐かしく思い出しました。行きに前進駐車するため帰りは必然的にバックで出るわけですが、道路の左右ともカーブで建物が詰まっているため視界が悪く、毎回冷や冷やしていたのもいい思い出です。おまけに社用車はでかくてハンドルが微妙に歪んでいるという、肝試しのような状況でもありました。当時の上司から「余所様に迷惑さえかからねば車に傷がついても構わない」とお墨付きを貰ったのに、安心よりも不安を覚えたのが昨日のことのようです。……人生ってつくづくいろいろです。

まずは挿し絵をくださったゆき林檎さまに。柔らかくて優しい絵がとても嬉しかったです。いろいろご迷惑をおかけしてしまい、申し訳ありませんでした。本当に、ありがとうございました。

またしてもお手数ばかりおかけしてしまった担当さまにも、心よりお礼とお詫びを申し上げます。本当にありがとうございました。

末尾になりますが、最後までおつきあいくださった方々に。

ありがとうございました。少しでも楽しんでいただければ幸いです。

こい、こわれ

SHY NOVELS335

椎崎 夕 著

YOU SHIIZAKI

ファンレターの宛先

〒101-0065 東京都千代田区西神田3-3-9大洋ビル3F
(株)大洋図書 SHY NOVELS編集部
「椎崎 夕先生」「ゆき林檎先生」係
皆様のお便りをお待ちしております。

初版第一刷2016年2月4日

発行者　山田章博
発行所　株式会社大洋図書
〒101-0065 東京都千代田区西神田3-3-9大洋ビル
電話 03-3263-2424(代表)
〒101-0065 東京都千代田区西神田3-3-9大洋ビル3F
電話 03-3556-1352(編集)
イラスト　ゆき林檎
デザイン　川谷デザイン
カラー印刷　大日本印刷株式会社
本文印刷　株式会社暁印刷
製本　株式会社暁印刷

ISBN978-4-8130-1303-7

SHY NOVELS
好評発売中

世界の半分

かわい有美子

画・葛西リカコ

今宵そなたの夢をみよう

残虐非道な大国の皇子・エルヴァンのハーレムに囚われた
カイは女奴隷として閨に侍ることになり――!?

皇子・エルヴァン率いる残虐非道な大国に攻め込まれ、カイの故郷は今まさに滅びようとしていた。生き延びていつか必ず祖国の再興を、と父王に託されたカイは、亡くなった姉姫に扮し城を後にする。けれどぬかりないエルヴァンの放った追っ手に捕まり、彼の女奴隷にされてしまう。「世界の半分がある」と謳われる華やかな大国の都へ連れ去られ、彼のハーレムに閉じ込められたカイは男であることを隠したまま、エルヴァンの閨に侍ることになるが――!?